孟子的他鄉

吳守鋼

序

1

「夜郎自大」是自小就聽得熟而又熟的故事之一。

故事源自《史記》。以漢王朝的黃金時代爲舞台，當朝人物的漢武帝劉徹因有父輩爲他積累下的雄厚實力，十六歲爲帝，不可一世。不僅擊破了北方匈奴，爲曾祖父劉邦出了一口沉積了近百年的鳥氣，也雄心勃勃地打通了東西方交往的絲綢之路。不過，漢武帝內心一定未滿足，一心想把他手夠不著的南越（今廣東、廣西等一帶）也攬進自己的懷裡。但是，路途遙遠，直線去征服幾乎比登天還難，而繞道從偏僻的夜郎國（今貴州一帶）前往南越是一條捷徑。

中原與夜郎，就面積、實力而論，一個是獨霸中原的巍巍大漢帝國，而夜郎，雖然在當時的西南角上也算大國，而與漢王朝比，不過是一處窮僻小鄉村而已。

然而，一心要與漢王朝平起平坐的雄心，一點兒也沒輸給劉徹。當著漢朝使者的面，竟問「漢孰與我大？」換句話說，言者的口氣就是「撒泡尿照照，大哥我與你這小老弟哪個更大？」一則沒把秤砣放準在與自身分量相應秤盤上的故事。

於是乎，夜郎自大讓後人從公元前一直哂笑到公元後的如今，相信還會笑下去。

但是，一邊笑，一邊也在想，可憐的夜郎小哥怎麼會出如此差錯的？

2

二十世紀五〇年代由兩個美國心理學家——喬瑟夫和哈靈頓——從每個人都身處在「自知—自不知」和「他人知—他人不知」的兩個維度上，建築起一個「自我意識的發現與反饋模型」的理論，用於衡量人對自身的認知以及人際之間的認知能力，卽人在認知周圍環境時會出現四個區域：①開放區、②盲點區、③隱密區、④未知區。此後人們把兩人的名字合起來，命名這一理論爲「周哈里窗」。

這一理論若借用三〇年代詩人卞之琳寫的詩〈斷章〉可得到比較具象的解釋：

你站在橋上看風景，看風景人在樓上看你。
明月裝飾了你的窗子，你裝飾了別人的夢。

詩中出現兩個人物：一個橋上的你，另一個樓上的人。他們都有一個共同的看風景目的，這便是「開放視窗」，資訊共通，你知我知；但是，漸漸地樓上的人不時地環顧張望，也以橋上的你爲風景了。入神看風景的你渾然不覺：橋上的你無意中裝飾了別人的夢。

對橋上的你來說，這是意料外的事，是盲點，可稱作「盲點視窗」。當然，不否認你也會與樓上的人一樣，在看風景的人群中瞥見意中人，用別人裝飾自己的夢，於是，心撲通撲通地跳動。別人並不知覺，因爲這僅是屬於你一個人的小祕密，並沒外露，這便是「隱密視窗」；而橋上的你和樓上的人都在忘我地看風景時，因橋上人山人海重量過度，橋會驟然崩塌，或者突然停電，街燈全滅等事件也不是不可能，這是誰都難以預料的未知數，是「未知視窗」。

這便是周哈里的四扇窗。

卻說，夜郎國與漢王朝之間，就存在著橋上的你和樓上的人之間相似的資訊方式。夜郎之所以自大，因爲他將自身置於狹小的螺螄殼裡，閉塞而無法與周圍溝通。所以，外面的世界對他來說就是盲點，全然無知；相反，到處都安裝著收視天線的漢王朝卻時刻在注視著他。

他就在樓上的人的眼皮底下。自己被人圍觀著竟渾然不覺，理當被後人哂笑。

3

人人都有自身不易察覺的盲點。意識到有盲點，找到盲點，然後彌補盲點。盲點少，視野開闊的窗外才顯得精彩。《孫子兵法》有言：知己知彼，或者不知彼而知己，或者不知彼不知己。會出現是百戰全勝，還是每戰必敗的不同局面，結果截然相異。鑑於此，總想逼迫自己站在「他山之石」的鏡子前，借鑑別人，反省自己。

有幸在異國他鄉的講壇上，以旁觀者自居，用第三者的視線觀照中日兩種文化，盡力冷靜地比較其中的異同。教學之餘，斷斷續續地寫下了一些點點滴滴的感觸並散見於報刊，現由啟明出版社林聖修社長的無私提攜、編輯同仁以熱情之手相助，促成了此書的問世。在此深表謝意。

是爲序。

守鋼謹獻

目次

孟子的他鄉

蒲燒鰻魚風物詩

「鰻魚」和「黃鱔」，形狀相似卻難以稱兄道弟，就好像「狐狸」一詞，「狐」和「狸」其實並非一家一樣。

日本人瘋吃鰻魚，程度可歸爲嗜之如命的一檔，而看見黃鱔，甚至不知爲何物，不敢動筷。但是中原人不同，吃著碗裡的「鱔」，也盯著鍋裡的「鰻」。

被譽爲江南第一菜的「茭白炒鱔絲」就是由黃鱔與茭白清炒出來的，爽口又實惠，是一年四季受歡迎的家常菜。鰻魚呢，特別是清蒸鰻魚乾，對靠海吃海的寧波人來說很合口味。一杯啤酒，一碟鰻魚乾，可稱得上是夏天的風物詩[1]。

記得年輕時，夫妻去杭州旅遊，路上帶的乾糧就是鰻魚乾。吃時，將皮和肉分開，皮由我吃，肉由另一半吃。韌勁十足的皮讓我津津有味，以致幾十年後的現今還在舌尖上回味。

日本人吃鰻魚口味重，也講究嫩，所以，工序繁雜得無法在家裡做。剖開新鮮鰻魚，去頭去尾去魚骨，外加還要蒸，然後放在木炭上悠燻慢烤，隨之加醬油等調味料再烤再燻。烤時得串成麥穗形狀，名曰「蒲燒鰻魚」。吃時，可以單獨吃，更多的是放在米飯上一起下肚。嫩、香、入口卽化，連還沒長牙的寶寶和已經沒了牙的婆婆也適宜。當然，關東有關東的吃相，關西有關西的作法，都說自己保持著百年老店的正宗秘傳。關東沒有理由向關西低頭，關西也不可能對關東下跪。所以，最終苦了饞客，吃一頓就是半天的工資。有什麼辦法呢？要解饞，只能如鰻魚一樣躺在店頭桌上任由店主擺佈啦。

再說，中原的茭白炒鱔絲可以年年吃、月月吃、天天吃不算，也可頓頓吃，只要你不反胃。但是，蒲烤鰻魚卻不能隨時賞味。一爲貴，二要選擇日子。夏天，所謂「土用」之日才是名正言順的食用時節。據說滋補身體，能幫著熬過難耐的酷暑。做生意的商販、店鋪會巧立名目，絞盡腦汁掏挖客人的腰包。

卻說土用，不是把用途一詞反過來說，其實是蓋上了日本專用大印的一個節氣。有如二十四節氣以外，中原還有祭灶日、大伏天之類的說法。

日本也同樣，節氣用五行命名的居多，春爲木氣、夏曰火氣、秋是金氣、冬有水氣，而土裡土氣的「土」呢？就放在每個季節交替期。傳統上土用期間，動土挖穴殺生皆為犯忌。

而習慣上，八月的土用最受重視。這一天，民間忙忙碌碌，不能坐在家裡搖著蒲扇、吃著冰棒悠閒，但是，這一天要吃蒲燒鰻魚。

現代人的日曆上，盡記著無數要紀要念，其實是要吃要錢的日子。

註釋

1 在日本，風物詩指的是在季節中具代表性、能讓人聯想到這個季節的事物。

九十未見稀

收到一位九十歲婆婆的來信。

稱她九十歲，是稍微抬高了一點。其實今年還在路上，明年才奔跑到位。自我開漢語班以來，一直沒見她缺席過。今年新冠肺炎送走不少高齡、老資格的去了極樂世界，婆婆呢，還不想過早讓佛陀照顧，女兒也不讓她去外面亂竄，所以，只能乖乖地坐在家裡，面對電腦看線上課程。

但是，學費怎麼交？她擔心。以前直接從那手裡交到這手裡，現在呢？上課可以視訊，而錢鈔不可，雖然看得見，不過摸不著。於是，婆婆郵寄來了，還附上一封親筆信。稱不上是一手好字，卻清秀。一件想說的事，正好填滿一頁信箋，不多也不少。

楊絳曾像數家珍一樣誇過她的老公：他寫信總能把內容和字數都約束在一頁信紙裡，一字不多一字不少（大意，原文已忘）。這確屬一種功夫。畢竟他是一個大少爺、大學者、大文人，文字於他就如電子遊戲機於孩子，怎麼擺弄都應手。

而這樣的小技要由老公親口道出似乎有失風雅，讓老婆說來無疑就是雙雕。嘴上誇著老公，其實……想起小時候隔壁大嬸買菜回來，常在我家門口歇腿，見人便指著手上的雞，「剛從菜市場買來的，便宜又鮮嫩」，於是，路人都誇她撿了個大便宜。識貨需要一副識貨的眼睛。

我既非老公也非老婆，所以，從心所欲不嫌踰矩。見識這位九斤老太[1]，不，九旬老太用自己的文字寫在信紙上的筆墨並非第一次。

其實她更喜歡用電腦，圖方便：查喜歡的、關心的事，玩線上遊戲也做作業。教室裡年齡最長的是她，餘下還有五十、六十、七十不同年齡層，其中數她的作業做得最認眞、最符合要求：語句通順，不見錯別字，能把一件事說淸楚、說完整。只有要寫該寫的才不用電腦，不用電子信而是手寫，用母語寫在「鳩居堂」的信紙上，然後，郵寄。

比如，有一次我介紹印象中高郵雙黃鹹鴨蛋[2]的美味：筷子一戳，便能冒出油來，剝出蛋黃放在飯上，抿在嘴裡，鮮味一直傳到幾十年後的今天依然沒變。

幾天之後，收到婆婆來信。說以前在袁枚《隨園食單》[3]裡讀到過，此譯本收在岩波書店出版的藍本系列。出自師從狩野君山[4]、內藤湖南[5]的學者青木正兒[6]手筆。仔細介紹完以後，還未忘補充一點東京街頭，比如京橋、東京車站、新宿等地有以「隨園別館」命名的幾處餐廳補充資訊。

老實說，我僅知《隨園詩話》[7]，卻不知還有一本《隨園食單》的美食菜譜。唉，如今汗顏已過晚。

新冠肺炎改變了所有人的生活方式，被女兒管住不准跨出門檻外一步的她只得在門檻內踏步、翻書架。最近在線上課程中跟同學曬出一本夏目漱石的《草枕》[8]漢譯本，譯者：崔萬秋！一九二九年由上海眞善美書局出版。至於崔萬秋是何許人也，敬請上網搜尋一下即可。

她介紹此書到手的經歷說，是偶然在已故父親的書架上找到的，出於好奇，想知道《草枕》開頭的那段名句，日語以外的表現會成何體統，所以，偷偷扣下了。

世上早有過豐子愷的《草枕》譯本，但是，還沒讀過。等病毒平息後，向婆婆借崔本來翻翻。

註釋

1 魯迅短篇小說《風波》中的人物。九斤老太總覺得現在不如過去，看不慣現實。常掛在嘴上的口頭禪是「一代不如一代」。此處用於調侃，因爲「九旬」與「九斤」發音相近。

2 中國江蘇省揚州市高郵市特產。高郵一帶盛產高郵鴨，產蛋多，蛋黃比例大，尤以善產雙黃蛋而馳名。

3 隨園食單是清朝詩人、散文家袁枚撰寫的一本食譜，系統地論述烹飪技術和中國南北菜點。該書出版於乾隆五十七年（1792年），是有關清朝飲食的重要著作。

4 狩野直喜（字子溫，號君山，1868—1947），日本漢學家，歷史學者，是日本近代的大儒。

5 內藤湖南（1866—1934），本名虎次郎，字炳卿，號湖南。生於日本秋田縣鹿角郡毛馬內（現爲鹿角市），歷史學家及漢學家。

6 青木正兒（1887—1964），日本漢學家。

7 袁枚於乾隆十三年（1748年）辭官後定居江寧小倉山隨園，自稱隨園老人，開始著作此書。袁枚在此書努力宣傳「性靈說」，並以爲「中間抒自己之見解，發潛德之幽光，尚有可存。」選錄女詩人作品尤多。此書刊行後，「上自朝廷公卿，下至市井負販，皆知貴重之，海外琉球有來求其書者。」《詩話》引文多不註明出處，亦有妓女歌姬之詩，只要詩佳皆可存之，自然受到衛道人士的攻擊。胡適作《紅樓夢》考證時引用《隨園詩話》證明《紅樓夢》是曹雪芹作品。魯迅稱此書：「不是每個幫閒都做得出來的。」錢鍾書譽爲：「往往直湊單微，雋諧可喜，不僅爲當時之藥石，亦足資後世之攻錯。」

8 《草枕》，夏目漱石前期重要的代表作品，描寫一名畫師爲了逃避現實生活，開始一段「非人情」之旅，並在途中邂逅了一名神祕的女子。

孟子的他鄉

東京街頭認可新、雅、富，也認可有一兩百年以上的老店鋪、老建築。比如，創業於一八八一年的「三省堂」，就是書呆子們兩三日不逛，就會渾身發癢的老字號書店。

「三省」，當然不是哪三個省的文字組合，是因孔夫子的那句「吾日三省吾身」而得名。我覺得這名言用在書店上實在恰當不過。

凡人都會有錯，因爲都長著肚臍眼。所以，夫子告誡弟子，就如一天必得有三頓飯下肚那樣，一日要有三省。每天的所作所爲、哪裡有不當、何處是欠缺，得找出因果，不能總是那麼糊里糊塗地自信。有反思，加反省，以後才不至於坐了反方向的無軌電車，還以爲在去宇宙翱翔的路上。

但是，夫子也賣了一個關子，沒有告訴弟子們該如何反思，用什麼反省。

於是，深信有書才不會「輸」的日本人便決定以「書」作爲反省的底線。書是一面鏡子，既有古今中外可參照，又能告訴子孫從過去來看今天、看未來。總之，在這塊土地上，孔夫子不僅是聖人，更是常常從古代被拉到今人的酒桌、咖啡桌來喝上一杯聊聊天的熟人。

然而，同爲儒家的另一位夫子，孟子就沒那麼有福氣啦。

作家司馬遼太郎與美國學者唐納德·基恩在一次對談時就曾披露過一則祕聞，說日本人對孟子深感恐懼，只要有運《孟子》一書的船從中原駛來，一定會半路在海上翻船。

怪哉，但是有趣。姑且相信司馬遼太郎這一回吧，自小就站在書店門口揩油免費讀了無數本書，後來藏書在日本也是數得上第一第二的他，一定沒誤記，明人筆記《五雜組》[1]裡就這樣記載著呢。

孔夫子、孟夫子均爲夫子，但是，信仰不同。有如看官的手機有蘋果牌，也有三星之類各種品牌那樣，「君君臣臣」的孔子信奉的是「民可使由之，不可使知之」，而孟子呢?他教訓梁惠王要「與民偕樂」的那些段子簡直就是你我的代言，所以，不會缺粉絲。

比如，幕末思想家吉田松陰[2]雖然在這世上沒活到三十年，就是一個徹頭徹尾的「川粉」，不「孟粉」。他的巨著明碼標著，就叫《講孟餘話》。他的講堂上，非孟不開講，甚至入獄後與犯人談的也盡是《孟子》。

嗯，下自成蹊。明治維新的功臣名將高杉晉作、伊藤博文、山縣有朋等他的弟子更使他的英名傳至今日還在源遠流長。經這些英傑之手和世代的努力，孟夫子的「與民偕樂，故能樂也」的夢鄉未在老家，卻在他鄉更走近了人間一步。

話又得迴轉來說，何止這些政治家、學者，連孟夫子散逸在外的子孫也在盡力。此言從何談起？不長，無須沏茶，也不用點上一爐沉香屑卽可聽完的一則小故事。

化繁就簡地說吧，有兩個開公司的老闆，一個老闆大一點，住京城，據說與將軍有一腿；另一個呢，資本小一點，資格嫩一些，還是個地方上的土鄉紳。那天走在京城的路上，爲了一點雞毛蒜皮的小事，動起了刀槍，致使大老闆擦破了一點皮。爲此小老闆不得不剖腹自盡了。這下小老闆的手下可不服啦，事後有四十七人爲老闆報了一箭之仇。當然這些武士此後也被賜自刃了。

一個不僅轟動過江戶，直至如今還在小說、歌舞伎、能樂、電影裡迴響的「赤穗四十七義士」的故事。聽說有誇張、有誇大，但是，其中有孟夫子之孫的事實絕非編造。當年（一七〇三年），一個大雪紛飛的深夜，一心要爲主子報仇的四十七義士闖入大老闆家，搜遍宅邸未果。最終抓到躲藏在煤炭小屋裡的大老闆，而補上一劍的竟然是孟子之孫。

天方夜譚？不，有史記載。此孫姓武林，名唯七，一個見義勇爲的眞武士。武林的爺爺明朝時是從杭州（舊稱：武林）來日本行醫的孟二寬，孟子第六十二代後人。武林唯七身在異鄉，卻念念不忘祖宗的家鄉杭州，所以改姓武林。義士爲家主報仇後自刃，享年三十二歲。

武林唯七留有辭世之詩一首於人間——

三十年來一夢中，
捨身取義夢尚同。
雙親臥病故鄉在，
取義捨恩夢共空。

響噹噹的一個「義」字，眞孟家人也。
孟夫子不也有教誨嗎？
「生，亦我所欲也；義，亦我所欲也。二者不可得兼，舍生而取義者也。」

註釋

1《五雜組》謝肇淛撰，十六卷。大多記錄作者本人的讀書心得，亦有國事、史事之考證。
2 吉田松陰（1830—1859），長州藩武士，名列明治維新的精神領袖及理論奠基者。

我求童蒙，童蒙求我？

幸田露伴（一八六七—一九四七）是享有盛譽的作家，他的女兒幸田文是散文家，女兒的女兒青木玉也是，女兒的女兒的女兒青木奈緒也是，不折不扣的四代同堂。有一次，已經是大學生的外孫女青木玉來看望老外公，幸田露伴興奮之餘，少不了問長問短：

「在大學學了些什麼呀？」

外孫女吞吞吐吐地開始背書，

「《萬葉集》[1]、《古事記》[2]、《十八史略》……」

剛背到一半，便被外公打斷：「慢點兒，慢點兒，這《十八史略》是什麼？也能成大學的教材嗎？外公五歲的時候，一邊啃著烤山芋，一邊就從小人書[3]堆裡撿出來翻看了。你的大學真是，在教這樣的東西啊。」

外公那失望的神情一直冷凍在外孫女的大腦裡，即使當了作家寫了無數優秀散文的此後都未見解凍，於是就把這件事寫進了她的著名散文集《小石川的家》，以求世人給個公道。

世人不語，因爲一般都以爲《十八史略》是應該排在名典行列的大部頭著作。也的確如幸田露伴所言，成書於南宋時代的《十八史略》是將《左傳》、《史記》等史書裡的著名場面縮寫一番後編成的故事梗概，說穿了是本兒童讀本。說在中原默默無聞有失公道，但僅屬讓孩童在半是玩耍，半是興趣中了解歷史知識的啟蒙書吧。卻未料傳到日本以後身價驟變，就好像把東家的佣人恭恭敬敬地請來當作自家的座上賓來招待，學者高島俊男感嘆「這是文化輸入國不該有而有的悲哀」。日本人的這一悲哀令我想起了另一本書《蒙求》。古時，《蒙求》在中原，不過與《三字經》、《千字文》、《龍文鞭影》一樣也是以幼兒爲對象的啟蒙書而已，一到日本就不同了。

《蒙求》於中唐成書，內容是將盤古開天地、三皇五帝到如今的名人傳記、軼聞掌故之類濃縮成加韻的四字一句形式供幼兒閱讀，易記易誦，琅琅上口，在日本被大眾廣泛引用，有「不出卷而知天下」的美譽。

比如，《我是貓》的作者本名是夏目金之助，並非熟知於天下的夏目漱石。而這「漱石」之名便來自《蒙求》。

傳說有毛頭小伙子想隱居，便對朋友誇口，從此往後漱石枕流，朋友一聽忙來堵他的嘴：「流不可枕，石哪能漱？」小伙子強辯道：「枕流爲洗耳，漱石爲磨牙，有何不可？」雖年輕，牛勁夠足。

也許作家夏目漱石讀了《蒙求》而受啟發，才將此典故升級爲筆名的吧。

不僅夏目漱石，從更早的《徒然草》[4]裡也能找到《蒙求》的蛛絲馬跡。平安時代（七九四—一一八五）傳入的《蒙求》，旋即成了貴族子弟的高級讀本。笨手笨腳的和尚吉田兼好興許不下圍棋，也不玩麻將，只能閒來無事翻上兩頁《蒙求》，聊以自慰不說，下筆時也出現了如下的變通：

「有人感傷於潔白的絲線在不覺中染上了顏色，也有人愁腸在離別的十字路口。」——《徒然草》第二十六段。

看官，很眼熟吧？嗯，《列子》、《淮南子》等古籍裡有。前半句類似於「近朱者赤近墨者黑」的哲理；後半句是「亡羊多歧」的變形。

奇怪，兩個本來出典不同的故事，怎麼湊在一起的呢？估計就是從《蒙求》的「墨子悲絲，楊朱泣歧」中衍化而來。

越過《徒然草》、越過夏目漱石，「無心插柳柳成蔭」的效應只見多未見少。卻說蒙求一詞來自《易經》的「匪我求童蒙，童蒙求我」，意爲：不是我求助於年幼無知，而是年幼求助於我這知天知命的長者。

哈！儼然站在摩天大樓上往下喊話呢，不過，這樣的方式還是歸還給那遙遠的時代爲好。殊不知有蒙求的時候，當然也會有求蒙的場面。當長者們面對手機、電腦等資訊設備眉頭緊皺，幼童們卻像在擺弄玩具一樣輕鬆。人來人往的大路上不會僅有單行道。

註釋

1 《萬葉集》爲現存最早的日語詩歌（和歌）總集，收錄由四世紀至八世紀中四千五百多首長歌、短歌，共計二十卷，於八世紀後半編輯完成，按內容分爲雜歌、相聞、輓歌等。

2 《古事記》爲日本最早的歷史書籍。日本和銅四年（七一一年），日本元明天皇命太安萬侶編撰日本古代史。和銅五年（七一二年），將完成的內容獻給元明天皇。全書採用漢文與萬葉假名混雜寫成。

3 小人書又稱連環畫、公仔書，以連續圖畫敍述故事、刻畫人物，是老少咸宜的通俗讀物。

4 《徒然草》爲吉田兼好法師著。由一篇序段以及另外二百四十三段組成，文體爲和漢混淆文與以假名文字爲中心的和文相混合，主題環繞無常、死亡、自然美。是日本中世文學隨筆體的代表作之一，跟清少納言著作的《枕草子》和鴨長明著作的《方丈記》同被譽爲日本三大隨筆之一。

漱石和漱石的周邊風景

一提到夏目漱石[1]的《我是貓》，便會想起那個「我是貓，尚無名字。不知道來自哪裡。」的開頭。

「我」自來到今世，直至去了來世都是無名的野貓一隻。卽使後來爲牠備了墓地，豎起石碑，知道牠名字的大概沒有。

而漱石呢，因爲由這貓寫成的小說，則豎子一舉成名，不知道的人大概沒有。「我」任性。某一天隨隨便便地來這家裡就賴著不肯走了，由此發現周圍也是任性的天下。

比如，大名鼎鼎的漱石，之所以從沒見有桃色新聞流出，奧秘不過與胡適一樣。西裝革履的胡適博士與小腳太太江冬秀能歲月靜好，你好我好，靠的就是太太手上的那把切菜也切……的菜刀才使牆上掛著的全家福沒被撕碎。

漱石的確任性。在他眼裡，子女與貓輩狗輩無異。大兒子因爲是老大，所以起名純一；小兒子呢，因出生那年是猴年（申），排行老六，就給了個「申六」的大名。有朋友看不過，說小孩也是人，至少應該給申字再加個「人字旁」，叫「伸六」才說得過去。漱石認可，從此就叫夏目伸六了。

看官，這還算是大文豪嗎？沒見世上給子孫起的名字有多帥、多美嗎？

比如，姓金的後代叫金鑫，挺富；姓石的公子是石磊，夠雷，還有英傑、胤祥、晶晶、冰冰……哪一個不比大文豪更文豪！

嗯，說漱石任性，太太也一樣。不，不一樣，一樣就不是漱石太太了。

太太生性討厭貓狗，唯獨鍾情於「我」。聽人說此貓爪漆黑，一定是個福貓、富貓，能帶來金滿箱銀滿箱，旋即就被留下了。果然之後給漱石攬來了不朽的聲譽，爲全家帶進無盡的興旺。也爲此太太一頭鑽進了算命占卜的胡同裡去，竟然把漱石留下的遺產幾乎都奉獻盡了。

但是，就在未成猴而成人的伸六出生那一年，貓走了。這讓全家悲悲戚戚、戚戚悲悲了無數天。太太囑人在庭院裡建了一座九層塔不算，還逼著有了名的漱石爲無名的野貓寫下一行「底下閃電徹夜鳴」的文字刻在墓碑上代碑文。五七的那天，烤了鮭魚，拌了魚肉飯放在貓大人的墓前供上。這一舉竟成了既定方針，以後「我」的忌辰都不缺這兩個供品。

《我是貓》至今人氣不衰，因爲漱石對拜金主義、暴發戶的無情抨擊爲世人洩了憤。特別對靠著三艘破船起家的三菱財閥有過不少挖苦和不恭，說那老闆一睜開眼就扳著手指確認手上有幾家公司，而絲毫沒有一點文化底線。的確，三菱以海運起家，還插手礦業、造船業、保險、外匯等諸行業，是多角化商務的先端。

大文豪的揶揄印在了「我」的名著裡，也刺在了三菱財閥後人的背脊上。

從此，發奮的後人居然把當年那個在北京常駐了近二十年，見證從清朝走向民國的泰晤士報記者莫里森留在北京，而近兩萬五千餘冊卻無人問津的書籍資料買下運回東京，還專建了一個「東洋文庫」[2]。而今研究東亞歷史的學者們要找那地域的歷史時，只能勞足去東京了。文庫裡有唐代版本《尚書》、《毛詩》，還有差點被義和團的火炬燒盡的《永樂大典》殘本等珍貴資料無數。

不僅這「東洋文庫」，還有個「靜嘉堂文庫」也是三菱財閥的傑作之一，底本竟是清末四大藏書家湖州陸心源的十五萬卷藏書。生前陸老先生以藏有兩百多種宋刻本而自豪，故以「皕宋樓」爲名，未料卻被大兒子悄悄換成金元寶了。

不肖有三，失書爲大！

「靜嘉堂文庫」成了漢學重鎮，南宋畫家馬遠、牧溪的畫，趙孟頫的字……被列爲國家重要文化財產的十八種古籍，陸心源的宋元版藏書佔了十六。此外還有福建南平建窯燒製的「曜變天目茶碗」，世上僅三個，這裡佔一個。

卻說搖錢樹的漱石走後，所寫的書並沒有走遠，相反，越走越紅。於是，全家便躺在版權上吃盡、吃透。相信算命的太太也不再有顧忌，盡情地揮霍不算，還喬遷住進上千坪、內有幾十間居室的大豪宅裡享福，女兒們身穿的刺繡綢緞能與皇宮貴族們媲美。

漱石多產。

不僅小說、散文多產，子女也多產，二男加五女，卻沒有一個繼承文豪的衣缽。有音樂細胞去了，有上酒樓耍了。偶爾也見子孫們的文字問世，淘盡漱石的前前後後，曬滿漱石的點點滴滴，猶如木乃伊身上蝨子般的一百多年前的故事。

不覺想起小女牙牙學語時的往事：

大人們在餐桌上吃麵包，她就用小手在桌面上擼著掉下來的麵包屑往嘴裡送，那樣地津津有味。

註釋

1 夏目漱石（1867—1916），本名夏目金之助，日本現代文學最偉大的作家之一，有「國民大作家」之譽。作爲明治時期的文豪代表，而被列爲日本一千元紙幣上的人物。

2 財團法人東洋文庫是日本最大、也是全球第五大的亞洲研究圖書館，位於東京都文京區。文庫原是一九一七年三菱財閥第三代主持人岩崎久彌及當時中華民國總統府顧問喬治·莫理遜所珍藏的有關中國及日本書籍。

全唐詩的全

我一直以爲《全唐詩》的成書應在大唐的黃曆翻過去，翻到大宋那一頁後不久的事。其實不然，竟然橫跨宋朝、跳過元朝、逾越明朝，斗膽奔到了韃虜[1]，那中原眼裡向來喊打的滿清手裡，即康熙四十四年（一七〇五）時才編成煞車。馳騁了千年！夠長也夠累。敢問：這期間那麼多中原人都去哪瞌睡去啦？

一定有人嘀咕，編撰又不用康熙大帝出汗，全是手下官僚的辛苦。

當然。

但是，從唐至清，出了多少李姓、趙姓、朱姓的皇帝，怎麼偏讓這個姓愛新覺羅的皇帝佔去了便宜？

沒錯，皇帝們都很忙。

宋徽宗不夠忙嗎？不僅忙，還偸閒獨創了「瘦金體」而青史留名。身爲皇上，書畫全能，就是治理江山無能。這不，因爲無能竟鬧出一部不朽的《水滸傳》流傳給了後世，自己卻躺在異鄉冰冷的土地上葉落根不歸。

明神宗也忙，忙得居然能二十八年不上朝。究竟忙什麼，按下不表。

明世宗更忙，深覺日理萬機時間太少，於是乎，想出種種手段來煉仙丹，以求陽壽，不料……

唯有康熙帝愛管閒事，拾起了編《全唐詩》這一重任，得唐詩四萬八千九百餘首，集詩人兩千兩百有餘，史書上如此記載。

一個時代擁有的精華，讓世世代代的中原人受用至今還有剩餘。

卻說這四萬八千九百餘首，多嗎？不多。康熙大帝的孫子乾隆帝一個人一生竟作了四萬兩千六百一十三首，算來平均每天成詩兩、三首，之外還不忘將中華版圖擴展至最大值。嗯，一夫當關萬夫莫開，大概指的就是這回事吧。

不過，浩瀚的乾隆詩海裡算來唯有半首〈飛雪〉可圈可點：

一片一片又一片……飛入蘆花都不見。

很靈氣，也蠻調皮的。若改成「一篇一篇又一篇，飛得詩篇全不見」，正好成皇上詩作的評價。

閒話休提。《全唐詩》很全，不過一翻就會讓這塊土地上的弊病像破棉襖裡透出的棉絮那樣，一團接著一團地冒出來。

這話怎講？

不是詩集嗎？既然論詩，理當詩人領先，好詩在前，而《全唐詩》非也。皇帝、皇后、皇妃、皇親國戚……，凡沾了「皇」字的都能排排坐吃糖果，此後才輪到李白、白居易。不覺大悟，原來「讓領導先走」的發明權並不能頒發給當朝，古已有之。《百家姓》不也是嗎，「趙錢孫李」的開頭也並非以人口普查爲依據，因爲大宋是趙家的天下，「趙」姓才當仁不讓爲第一。

所以，我對帶「全」字的買賣向來只疑不信。滿漢全席、十全大補膏之類，猶如萬壽無疆、一句頂一萬句那樣，圖個吉利還勉強過得去。全，是不全的同義語。《全唐詩》本來不全、有缺漏的事實，鼓吹「三民主義」的劉師培早說過，錢鍾書在《宋詩選注》裡也提到，但是都只說未做。

憶起當年七人一個寢室的大學生活，常有幾個具備學者苗子的同學來串門，動不動就把錢鍾書[2]與《管錐編》[3]抬出來。孤陋寡聞如我輩從來不知有此書，總把《管錐編》聽成灌醉騙。心想這倒是一高招，先灌醉，再行騙。如今想來，錢老先生若能以他學富五車的淵博與見識，把《全唐詩》的錯誤和缺漏訂正一番，一定勝過那本灌醉騙，不，《管錐編》吧。

而最先提出《全唐詩》並不全的，竟然是日本江戶時期的漢學家市河寬齋（一七四九—一八二〇，又名河世寧。）心生補遺時才二十五歲，血旺氣更盛，在校對初唐詩人李嶠的詩集時，卻發現《全唐詩》的不足甚多，於是，利用手邊存有的藏書，對《全唐詩》一一加以校對、補正和完善。市河寬齋並非中原人，竟讀過《全唐詩》。不僅讀了，還補遺編成一本《全唐詩逸》，意即收集了《全唐詩》未收入的完篇六十六首，補全六首，零星詩句兩百七十九首，涉及一百二十八位詩人，其中八十二人在《全唐詩》裡找不到，乖乖……一個從未踏上過中原的小子！有如非英語系的無名卒補正了牛津英語辭典，或給英式口音的老師校了音一樣。這功績怎能抹殺？當然，青，取之於藍，而青於藍，學生超越老師是再正常不過的，不值得大驚小怪。

「天不怕，地不怕，就怕老師到我家」是小時候放學回家路上愛唱的兒歌，一邊唱一邊發抖地想著老師家訪後的晚上，耳朵被揪得發燙，屁股被打得青腫的光景。如今這樣的學生不見了，這樣的老師皮更厚了。於是，也擬一首爲老師說情的兒歌「天不怕，地不怕，還怕學生來打假？」

註釋

1 韃虜是古代中國中原漢人對北方民族如蒙古人和滿洲人等的稱呼，含有貶義。

2 錢鍾書（1910—1998），江蘇無錫人，中國作家、文學研究家。曉暢多種外文，包括英、法、德語，亦懂拉丁文、義大利文、西班牙文等。臺灣作家余光中分析當代中文時，常稱道錢西學列於中國人之第一流。

3 《管錐編》是錢鍾書在一九六〇至一九七〇年代寫作的古文筆記，對《周易》、《毛詩》、《左傳》、《史記》、《太平廣記》、《老子》、《列子》、《焦氏易林》、《楚辭》以及《全上古三代秦漢三國六朝文》等古代典籍，採用中西方文化的比較研究方法，進行了詳盡縝密的考疏。

圈裡的風景，圈外的風景

1

飯後常在這條小河邊走動。

人少車無，既可放心走，還能感受周邊綠的變紅，紅中現黃，黃裡見枯的不一樣。這不，往河裡望去，映現出的是天上的蔚藍蔚藍，蔚藍中還有一匹緊連一匹駿馬般的白雲在悠然；河邊飄動的芒草叢蒼黃一片，有幾隻小鴨出沒；那邊小孩由爸媽領著在垂釣，嘰嘰喳喳，絲毫沒輸給小鴨；再往前，是烏黑烏黑的鵜鶘和雪白雪白的鷺鷥同框，看似黑白分明的一對，其實有獨木橋與陽光道之別：烏黑烏黑在東竄竄西鑽鑽地覓食，而雪白雪白則佇立著不動。大概早飯還沒著落吧？是那樣專心地緊盯著如鏡的水面。

但願她有個艷陽天般的好運，在飽餐一頓之後還有蔚藍的一天。

牽掛著這位專心的雪白雪白，也就放慢了腳步，好奇地想看看她今天是否眞會有好運。剛停下沒一分鐘，就見她頸脖伸長，後臀部顫顫微微地往下垂，然後，慢慢地、小心翼翼地、猛地一頭扎進水裡。待再伸出頭來往上翹起時，是一條約有兩寸左右的銀柳魚。被啄的小魚不甘心，上下掙扎著，拚出一陣閃亮，而鷺鷥也急速用嘴喙動食物，連吞幾下，躍動不見了。唯見雪白雪白的頸脖處開始粗壯起來，臉漲成紅通通。再過一會兒才如眼前的水面那樣逐漸平靜。

好樣的！爲她慶幸，爲她祝福，一大早有了一頓雖不豐富，但至少充飢的早餐下肚。歡喜沒多久驟然又想，那條被吞下去的小魚，興許也有魚媽媽、魚爸爸。轉眼間，魚爸媽不見了剛才還在自己身邊的魚兒，是否也會著急起來，拼命往四周搜尋呢？或者，這柳魚本身就是魚爸媽，爲了魚洞裡的那些小生命，出來找食，不料成了他人的腹中物……

是的，有時夜深路過這裡，常聽見幼小稚氣的鴨聲在急切地呼喊，像是在尋找失散的媽媽，那叫聲有如波紋向著四周散開，撞擊在過路人的心頭，一波緊似一波地揪心。

一泓如鏡的水面，其實一刻未停地在流動湧動，《方丈記》1裡就有這樣一句「水流向東，晝以夜繼，今日之河流淌著的並非昨日之水。」大千世界，盡顯生命的躍動與匆匆，有的如大山瞬間傾斜，有的卻似蝴蝶飛動時的振翅。一刹那一瞬間中，一個生與滅的故事出現，隨之消失。

2

一見「狼」字，浮現的便是惡狼、野狼、餓狼，甚至還有色狼。

但是，前些天，看NHK拍攝在比富士山高約一倍的西藏高原上生活的狼群紀錄片，竟讓我打破三觀，顛倒五常。

五千萬年以前，因爲地殼的變化，孤立在寒冷、少食、空氣稀薄、一般動物難以生存的絕壁之中的狼群，爲了生命的延續，組團在一起，分工又合作，居然能在高原上立於不敗之地，君臨著眼前的世界。

常見的是，狼爸爸和狼媽媽帶著四五個狼孩，一個圓滿團圞的家庭。狼爸爸與狼友們去遙遠之地狩獵，幾天難回。狼媽媽看家帶狼孩，餵養、理家、覓食。

正好是藍羊[2]來此生育的季節，母狼追趕不上大藍羊，只盯著幼小的。在這冰天雪地裡，狼孩們常常餓著肚子，無奈時只能去吸吮母奶，無奈母奶也是乾癟乾癟的，母狼也是空腹哪來奶水？奄奄一息中，從遠方凱旋歸來的父狼把狩獵了幾天才覓得的食物，從胃裡整塊整團地吐出讓狼孩飽餐，而皮包骨頭的父狼趁孩子們吞嚥時，趕快又去築起新的小屋。

啊……慈愛的母狼，慈祥的父狼。

但是，母狼追擊的，父狼撕裂的，正是荒野裡那些弱小的生靈：藍羊、石兔或羚羊……

永遠的生命鏈的宿命。

3

在生命面前，一切盡顯多餘：善與惡僅僅是位置的調換而已。

站在小魚、藍羊、羚羊一邊，無疑鷺鷥和狼是惡的象徵；站在嗷嗷待哺的另一邊則成了善的使者，看你是站在圈裡還是圈外。

「世上有美麗的花，而沒有所謂花的美麗。」小林秀雄[3]結結巴巴想表達的也許就含著這層意思吧。

註釋

1 《方丈記》是鴨長明所著的鎌倉時代的文學作品。日本中世文學代表的隨筆，和吉田兼好的《徒然草》、清少納言的《枕草子》合稱日本三大隨筆。

2 藍羊，又稱岩羊，是一種植食性山地哺乳動物，隸屬於牛科、岩羊屬，主要產自中國西部、印度北部、尼泊爾和不丹的山區，爲中國二級保護動物。中國寧夏的賀蘭山是其種群密度最高的分布區，平均每平方千米十五隻，總數約三萬隻。藍羊行動敏捷，善於攀登和跳躍，是雪豹的主要獵物。

3 小林秀雄（1902—1983），日本現代評論家，對其後大多數文藝評論家有重要影響。

汗顏於祖宗的墳前

史書上都把西元七一三—七六五年那前後五十餘年稱作「盛唐」。也許你會嘀咕：盛唐兩字不用說，只是年代實在記不住。就用我這私人版速記法試試吧：「斬太平公主開元起步，楊貴妃被斬安史落幕。」如何？簡單明瞭，類似於一場「眼看他起朱樓，眼看他宴賓客，眼看他樓塌了」的實況轉播吧。

但是，盛唐就是盛唐，即使經過一千多年的淘沙，依然留下了李白、杜甫、孟浩然、玄宗、楊貴妃……要是把這些拿到當舖裡去估價，定然會有人搶著要，因爲那是老金，含金量十足。

且問，這「盛」的資格是怎麼考出來的？

查查太上皇李淵[1]的籍貫便知究底。那戶口簿上註明是混血，不過有點模糊。若從長相脾氣來看，分明是北魏鮮卑[2]那條根上走出來的牧馬人，所以，人與人之間不太在乎是純種、純血，還是帶狐臭。

因故，盛唐之盛，屬於四海之內皆兄弟的「盛」，不分膚色，更無論內外。史書記載：那時的長安不僅是個擁有百萬人口的大都市，黃頭髮、高鼻子、藍眼睛的人口也已達數萬，連波斯人都腰纏著胡椒、胡豆、胡瓜、胡蘿蔔、胡麻、胡桃、胡琴……來天朝任官了，一個絕非胡編胡說的五湖四海，怎一個「胡」字了得？

不僅唐人，不僅遙遠的波斯人，甚至鄰近的日本人也沾上了不少光。其中，要數那個背著空麻袋來裝米的窮小子晁衡，又名阿倍仲麻呂的最醒目[3]。

窮小子雖窮，來到唐土之後，得益卻無窮。此後考了科舉，中了進士不算，還被選在唐玄宗身邊當上了秘書。乖乖，眞讓無數儒林裡考試考得腦子進水、鬍子全白，依然榜上掛不上名的貢生和秀才們的臉往何處放？

而且，窮小子居然還與李白、王維這些大詩人成了拜把兄弟。

之後老境卽至，窮小子時常夢見奈良三笠山那邊掛著的月亮是那樣的圓，又如此的亮，便一再湧起似箭的歸心。在得到皇上恩准，乘坐破船衣錦還鄉時，卻不幸遭遇暴風。

遇難的誤報傳至長安京城，讓謫仙李白等至交唏噓不已，有詩爲證：

日本晁卿辭帝都，征帆一片繞蓬壺。
明月不歸沉碧海，白雲愁色滿蒼梧。

此詩〈哭晁卿衡〉可從《全唐詩》卷一百八十四裡翻查到。然而，窮小子竟然再度出現在了長安街上。大難不死，後福必至，玄宗之後又深得肅宗、代宗的厚遇，這位既非姓張、姓王，也非姓阮或姓黎的日本人此後卻被派遣去了越南，先後擔任了屬邊境軍事長官的安南節度使（正三品）、潞州大都督（從二品）等要職，食邑[4]至三千戶。

套句流行說法就是，當年穿著草鞋踏上唐土時，吃的是大鍋飯、睡的是大鋪炕的窮小子，如今呢，有了專用小灶、別墅式家居，外加賓士和寶馬那般待遇。天朝離天堂最近，一步而登天是窮小子的運氣，反過來也可以說，盛唐的祖先們胸襟竟與這塊土地的寬廣不差毫釐。

不僅這窮小子，還有山上憶良（詩人）、吉備眞備（學者）、空海（弘法大師）、最澄（日本天台宗開山祖）等因傳播中原文化，開拓新文化而青史留名。

史上，並非紙上有過如此一個盛世，此後還有幾個朝代有膽再稱「盛」的？

嗯，此前沒有，此後再無。

我自小就著迷於達爾文「進化論」的那一套，因爲比較能與大腦尚未發達的幼童合得來，所以總覺得這圓圓的地球今天一定比昨天好，明天肯定能比今天更值得活下去。但是眞活到了這把年紀，卻發覺似乎並非這回事。目測與祖宗們的那一千多年距離，不但說不上進化，甚至還在……

「盛」的盛唐，僅僅五十餘年。

註釋

1 唐高祖李淵（566—635），中國唐朝開國皇帝。

2 鮮卑可能分支自原始蒙古族，其語言屬蒙古語族。祖先是古代西伯利亞的游牧民族東胡，後被併入匈奴帝國之下，在匈奴帝國解體後，重新佔有匈奴帝國原有土地，成爲草原霸主。

3 阿倍仲麻呂（698—770），在中國時取漢名朝衡，又作晁衡。日本奈良時代的遣唐留學生之一，同時也是唐朝政治家、詩人。開元年間參加科舉考試，高中進士，留唐任多項要職。唐天寶十二年（753年）乘船返回日本期間因船隻遭暴風損壞而流落到越南，之後輾轉回到長安並在此終老。

4 古代君主賞賜臣子封地，即以此地租稅作爲其俸祿。

他人眼中的天堂

那個「多少樓台煙雨中」的南朝，曾出了一個會講故事的人，講過這樣一個故事——少年上山去砍柴，路旁有童子下棋，於是，駐足圍觀。觀戰後，拾起砍柴的斧子時，斧柄已爛；走到村頭，見村莊早破落，人已老去兩代。

「爛柯」一詞，來源於志怪小說[1]《述異記》裡的一則小故事。

少年離開村子還不到半天，家人老的老去，走的走了，而他依然存著早上出門時的印象。很荒唐吧？不然。

當你走在京都的大街上尋找價廉而舒適的民宿時，會覺得眼熟，橫是筆直，豎爲堅挺，一條、兩條……空海和尚等遣唐使們把設計圖藏在褲襠裡帶回來已經過去了千年，昔日的長安依然清晰健在。而自古以來祖宗們天天把吃剩下的晚飯，而第二天一大早又煮成的泡飯（在奈良叫茶粥），如今還是原汁原味。想吃一碗，可以在賓館裡嚐到，味道並不怎麼樣，不過，價錢會讓你還沒下匙就吃驚地昂貴。

似乎早已過去，卻如底片那般留在記憶裡。比如小說家芥川龍之介（一八九二—一九二七）和文學評論家小林秀雄（一九〇二—一九八三）就用這記憶審視了他們都曾去過的蘇州和杭州。

蘇杭，江南人的自豪，不僅有「上有天堂，下有蘇杭」之說，而且只要屁股一撅就能到；反之，天堂呢？若有去過者敬請私訊我。

那麼，那兩個「他人」眼裡的蘇杭究竟如何？

早就知杭州是個好去處，沒料到如入夢境的美麗，小林寫道：「碧藍藍的是天空，微波粼粼的是湖面，柳煙之處：白堤和蘇堤[2]。盛開的白玉蘭，猶如燃燒著的海洋。環抱著西湖的山間春霞靉靆，隱隱的寺院和雷峰塔頂放出了佛光。」

小林如此陶醉，芥川龍之介插嘴：「西湖確實美，那是詩畫裡的美，走過千年依然美，就好像嘉慶道光年間的詩人一般，富有過分的纖細。對飽覽了自然風光的他方文人們來說可以一睹，然而，無須再睹。如此東方式的景觀，到了近代西湖邊上怎麼多出了幾幢西洋小樓？就好像美人身上趴著幾隻臭蟲，噁心。」

芥川的口吻不無惋惜之情。

「他人」們評價西湖用的是全景拍攝，而給蘇州拍出了各自的特寫。一張寒山寺，一張獅子林。拍了寒山寺，還寫下到此一遊的所感——無聊而頹廢，是芥川。起初我以爲他忘了戴眼鏡，相機也可能被污垢蒙塵了。但是，一查史料，才發覺如今的寒山寺已非佛光禪風的古刹，芥川去的時候是新廟。

因寒山、拾得兩個瘋和尚而得名的寒山寺初建於南北朝，此後毀了建，建了毀，有過無數次戰火的洗浴。最近一次竟是太平天國，燒得精精光光後一直荒蕪著。到了一九〇六年（清末）武人程德全出於好心再建，用的是軍人的操練口令：立正（寺廟完成）、稍息（庭院擺平）、闊步走（披上軍服色彩）。

唉，在唐詩宋詞裡浸染，自己寫的古詩並不輸給中原人的芥川，眼裡的寒山寺應該是〈楓橋夜泊〉裡鐘聲悠遠而連綿的氛圍啊。

再說小林秀雄的特寫照「獅子林」吧。若說爛柯少年的記憶是早上出門砍柴時的情景，而「有著一雙審美之眼（白洲正子語[3]）」的小林便只是南宗畫派和京都龍安寺[4]的記憶了。「以意、文、詩、書入畫」是南宗畫派的宗旨，不在豪華，不在堆砌，疏淡有致卽行。

衝著獅子林出自南宗畫派之一的倪雲林[5]手筆而來的小林，眼前的庭院讓他懷疑起自己的眼睛。盡是些奇奇怪怪、不倫不類的岩石景觀堆積，非自然非人工。庭院的所有者僅僅是享樂主義，而非藝術的愛好者吧？建得講究，卻顯得傻乎乎，小林這樣留言。

網站上說，如今的獅子林早非倪雲林，也非乾隆皇帝下江南時的風光，而是上海某顏料商（貝聿銘的叔祖父）購得之後，新增了不少採用水泥、鋼筋、彩色玻璃等近代建築材料再建的景點。想在山水畫之間打造出一座東方迪士尼吧。而小林期待看到的是一幅「寫胸中逸氣（倪雲林語）」的山水畫而已。

兩個少年，不，兩個他人眼裡映現的天堂，是由爛柯效應引起的嗎？

引用

①《上海遊記・江南游記》芥川龍之介，講談社文芸文庫二〇〇一年版。
②《小林秀雄集》小林秀雄，筑摩書房一九八四年版。

註釋

1 志怪小說是指魏晉以來到隋朝末年發展出來的神怪小說。志怪一詞出自《莊子》一書，《逍遙遊》曰：「齊諧者，志怪者也。」意思是說齊諧是專門記載怪異故事的人。

2 人稱「西湖三堤」有「白堤」、「蘇堤」與「楊公堤」。白堤舊日以白沙鋪地，故而得名。白堤東起斷橋殘雪，經錦帶橋向西，止於平湖秋月，長兩公里。因爲較蘇堤、楊公堤短，更適合遊人漫步遊覽。蘇堤南起南屏山下花港觀魚，北抵棲霞嶺下曲院風荷和岳廟。一〇八九年，時任杭州知府的蘇軾疏浚西湖，以淤泥和葑草築成聯繫西湖南北的長堤，後人遂以其姓命名該堤爲蘇堤。

3 白洲正子（1910—1998）是日本的隨筆家。因東奔西走之姿，而有「韋馱天阿正」的外號。二度獲得讀賣文學賞。

4 京都龍安寺以石庭而聞名，創建於寶德二年（一四五〇年），以古都京都的文化財一部份列入世界遺產。一九七五年英女王伊莉莎白二世訪問日本時，曾表示希望能參觀龍安寺內的庭園，參觀後英女王對庭園讚不絕口，也讓龍安寺庭園在世界範圍內聲名大噪。有專家研究，園中有隱含的結構，是用來吸引觀衆的無意識視覺敏感度。龍安寺的石庭是日本最有名的枯山水園林精品。

5 倪瓚（1301—1374），號雲林，江浙行省無錫州（今江蘇省無錫市）人。元代詩人、畫家、書法家、茶人，倪瓚是「元四家」之一，也是元代南宗山水畫的代表畫家，其作品以紙本水墨爲主，間用淡色。

感時書濺淚

東京有許多好去處，在上野看完日本人手裡的西洋美術後，再走幾步還能去看看西洋人珍藏的日本書籍。

藏書處於著名庭園「六義園」附近。屬日本最大、全球第五的亞洲研究圖書館，名曰「東洋文庫」，一個名副其實的日本書籍倉庫。不僅有漢文和日文，還有藏文、泰國文、阿拉伯文、波斯文和土耳其文等，亞洲語言居多。

本來此處的書籍並非屬於日本人，是近百年前，三菱財閥第三代老闆岩崎久彌從洋人手裡買下的。數量有兩萬四千冊，內容以中原爲主。期間三菱財閥不斷努力、不停擴充書源，又過了多年，這洋人的兒子也把一生收集的東南亞資料捐來了，現藏九十五萬冊之多。簡直就是洋人父子開辦的東洋文庫啊。

等一下，他是誰？

報告：喬治・莫理遜（George Morrisson）。一個澳洲出生的醫學博士，泰晤士報駐北京的記者。史上公認是他挑起了那場日俄戰爭！其實他與日本的關係一般，倒是一直在爲中原出力，與中原手拉著手。在帝都皇城腳下生活了近二十年，混過了十九世紀末，混進了二十世紀初。居然還以民國政府代表團顧問的身份出席過巴黎和會。

這樣的歷史是不會寫進堂而皇之的教科書裡的。總是記住許多無中生有、可有可無的歷史，卻把眞正的歷史塞進抽水馬桶；正如常常交著可有可無、可恨可棄的狐朋狗友，卻把摯友摔得鼻子青眼睛腫一樣。

閒話休提。戊戌變法、義和團、武昌起義、巴黎和會與二十一條等，近代史裡每個關節上都有他的筆跡留存。他永不消逝的電波讓世界知道了那頭睡獅[1]其實被裹著小腳，已經完全失去了乾隆帝看馬戛爾尼伯爵的眼神[2]，顯得如此孱弱而戰戰兢兢。

當然，莫理遜筆下不僅有清朝和民國，還有大嘴張到極限的北極熊。那熊掌從歐洲一直甩到了大連。「大連」這一詞源出自俄語「遙遠之地」就是例證，意思是說，列車從莫斯科駛向遼東半島頂尖角的地方實在太遠，所以，最後一站就被命名爲「大連」了。

還有那總會趁人之危的日耳曼漢斯貓憑著敏感的天性，弓著身撲向毫無察覺的獵物。無情而蠻橫地把膠州半島[3]揣在懷裡，緊緊地不肯鬆手的身影也沒逃過莫理遜的銳眼。

這些資料來源有些是莫理遜的採訪，有些卻是靠人洩露，然後由他透露給世界。所以，爲了感謝他的正義，民國政府曾邀請他出任政治顧問，一直當到第四任總統徐世昌時期。王府井大街上因有過他的住宅，一時曾改名爲「莫理遜大街」。

可最初這高鼻子藍眼睛的洋人走在號稱有幾千年文明的古都時，發現眼前這地方並不遜色於撒哈拉大沙漠：「沒有像樣的圖書館，只是私人手中有點零散收藏。」而就在他故居不遠處曾經有過一座「最神聖的建築，世界學問的中樞（莫理遜語）」的翰林院，卻被義和團準而狠的砲火燒得一乾二淨，雖然面對洋鬼子時，義和團的打砸搶又偏又歪。結果只能以庚子賠款來賠禮道歉完事。

所以，莫理遜唯有靠自己收集書籍來建造圖書館。在帝都近二十年，居然積到可稱作「莫理遜文庫」的數量。

唐朝版本的《尙書》、《毛詩》、《春秋》和《文選》（日本的國寶和文化遺產），另外還有無數中原的地方志、明朝的選簿、地圖和在義和團大火中未被燒盡的清代版《永樂大典》等。

「東洋文庫」現在還逼眞地還原成當年莫理遜書齋的模樣，櫥窗裡放著《昭明文選》等供人觀摩。文庫不僅提供研究資料，也盡館內所藏資料爲一般參觀者增廣見聞。

卻說這洋人要離開帝都時，決定開價四萬英鎊出售，並聲明「如果中國人購買，將建有防火設備的圖書館當陪嫁」。

有賣主，卻找不到買主，猶如我老母想玩麻將沒下家那樣痛苦。最終三菱財閥以三萬五千英鎊（現時價七十億日元）成交，運往東京。

中原人對這筆文化財富沒有表現出興趣，偌大的中原眞的窮到這地步了嗎？

那年頭沒錢的是窮，而有錢的在裝窮。或者說，寧願感受沉甸甸、金燦燦的眞實感，死也不會去買那堆發了霉的廢紙。

不是嗎？熊大哥懷著要吞下整個遼東半島的熊心，蠻橫租用旅順和大連並鋪設鐵路，老佛爺和光緒帝見狀，怒髮衝冠。因爲滿洲有他世代的墓地，怕死後在祖先面前難以抬頭。但是，被李鴻章和財政大臣張蔭恆恐嚇說服。

而背地裡呢？熊大哥的財政大臣謝爾蓋．維特已經隔著褲襠往李鴻章的錢包裡塞了五十萬盧布、往財政大臣張蔭恆兜裡塞了二十五萬盧布。

他們的腰包鼓鼓囊囊的呢。

看官，以後您的子孫若讀不懂《莊子》裡的那句「竊鉤者誅，竊國者爲諸侯」爲何意，奉勸就把這一李一張作爲活教材卽可。

莫理遜在王府井大街二七一號的故居，後來換成「亨得利」名錶店的門面，豪華、洋派之外，更顯珠光寶氣。據說店裡陳列著一塊價值一百九十九萬人民幣、中原唯一的極品 OMEGA 金鑽錶。

鐘錶本來是確認時間，或提醒該記住的那一刻所用，如今卻成了富豪的護照。

註釋

1 睡獅，比喻不思振作但有潛力的國家。有一說稱此詞源於拿破崙，用於比喻十九世紀的中國，但實際是以訛傳訛的說法。十九世紀，西方馴獅用塗抹鴉片的牛肉來喂獅子，這樣一來，獅子在上台表演時，表面上還能張牙舞爪，大聲嗥叫，實際上卻少氣無力，昏昏欲睡，就好像是在夢裏說胡話似的，不會危及人的安全。

2 一七九三年，英王喬治三世以祝壽爲由，派遣馬戛爾尼爲正使，率領使團到訪清朝覲見乾隆皇帝，實則要求中國允許英國派駐公使。但乾隆帝以「不合體制」爲由，所請事項一律不准。

3 指山東半島，膠州是明清時期中國北方最大的貿易口岸。鴉片戰爭以後，青島、威海先後被德國和英國割占。

江戶走得有多遠

我總有一個感覺，開闢了「江戶」這一新天地的老大德川家康有如永樂大帝朱棣[1]。朱棣當年帶著手下衝到皇城南京，嚇得當皇帝的侄子瞬間雲隱起來，直到今天都沒敢露面。之後朱棣回領地北京，自己穿上龍袍，這才有了今天的首都。家康也血腥，把上司豐臣秀吉的舊部打得鼻青眼腫，千年古都京都被晾在一邊，領著關西的武士、商人一大批北上闖關東，立足地謂之江戶，即如今的東京，從此稱霸一方。雙方擺足架勢各持幾萬人馬對峙，卻僅打了那麼一天的關原之戰（一六〇〇年），從此寫進了輝煌的史書。

一晃四百餘年過去了，江戶城（今皇居）內故事不多，那是老大和老大延續子孫的地方，無趣；而江戶城外卻是百姓謀生的旺盛地盤。那時的油鹽醬醋吃喝拉撒一天不可缺的生存手段，許多都已跟著時代隨風而去，不過有些依舊很近，還在身邊晃蕩。

比如拿著搓衣板去這家、那家洗衣的專業戶，在有洗衣機後就引退了；開豆腐店、吆喝著賣晾衣竿、推車兜售燙手烘山芋的，偶爾還會在街角碰上；也有些不一定要飛往江戶才能看見的如：補鍋補碗、回收廢銅爛鐵、挑著剛孵出的小雞籮筐的、吆喝狗皮膏藥和老鼠藥的，我小時候也見慣不怪；而泡開水，不僅去街頭老虎灶[2]，卽使上了大學，校園裡同學們背著個書包，拎著熱水瓶是一幅難以忘卻的熱風景。

但有時又像坐上馬斯克的太空船，飛往未來的路上不小心拐進舊時代的小弄堂。比如給人掏耳朵、爲貓抓蝨子，小時候澡堂裡有，師傅趴在客人腳上用刀釬雞眼、厚甲等的情景，「揚州三把刀，廚刀、剃刀、修腳刀」刀刀見功夫的修腳刀一時消失過，但是近年冒出的新型足療品牌店，是不是藉屍還了魂？倒是很想去見識一番。同樣，江戶城外，爲了一張嘴吃口飯的生計還有很多。

混浴

看到這詞語，心頭怦怦直跳的也許不在少數，其實就好像參觀華清池[3]知道那裡曾是楊貴妃與玄宗……的地方即可。江戶有過混浴，也的確是混而浴，不過，不是你我所夢所想，聽見風聲便是雷雨的興奮點。入浴規矩很嚴：男人進去，得穿上兜襠褲，好比現今的丁字褲方可放行；女的更森嚴，上穿浴衣，下著迷你裙。

雖然想去浴，又不願混的女子大有人在，只是能掏的腰包不豐而作罷，一池燒開的洗澡水代價是難以用道德來圈圈點點的，於是，只能餃子餛飩一起下，反正吃進肚子一樣消化。

不過，這風俗進入江戶後期（一七九一年）已奄奄一息，只留給後人一個無限遐想，不，無餡瞎想的「混浴」二字，還外加浴衣一件。不是嗎？盛夏，穿著浴衣的女孩與小伙子一起去隅田川河邊，坐在滿眼人人人中觀看夜空上絢麗的煙火，那才是一段大寫的青春回憶。

火災和吵架，江戶兩支花

初次讀到這則俗語時，已在這塊土地上生活了十幾年，竟從未見過路上有人把臉爭得赤紅赤紅地與對方爭吵的情景，眞有滄海桑田之感。但是，地震火災照舊一支花，所以訓練至今不斷。而江戶時的消防員可說多如牛毛，有拿月薪的，更多的是沒薪餉的業餘。

年末和新年時，寒冷又乾燥，街道組織大家輪番敲著木板竹板，口喊小心火燭地挨家挨戶巡迴提醒，寒風雪花中，這悠悠的風物詩從江戶吟唱到如今未變。

看板娘

這三個漢字分開全認識，合起來一團霧水。一句話，指的是站在店門口招引客人的年輕漂亮女孩。有看板娘的店裡賣什麼呢？不值幾錢的茶水。店老闆知道來坐坐的客人並不爲茶，只要姑娘在門口站著就行，然後，勸買這個，推銷那個，老闆刀快，客人呆賤，姜太公釣魚。小小一個江戶，這樣的店居然有兩萬多家。如今，這樣的店已說不上絕跡，而買賣手法依然健在。超市門前總會擺放著又漂亮又便宜，吸人眼球的商品，就是要勾引得不買也想拿在手上掂量一番，臉皮薄的只能順帶再進店裡買幾樣其他的商品聊以自慰。

聽見風聲起，木桶老闆笑嘻嘻

大風一颳灰塵四起，患眼疾、特別是靠演奏樂器三味線[4]維持生計的盲人增多，於是，三味線的需求上升，三味線要貼貓皮，捉貓的生意隨之紅火，大量捕捉之後，貓的數量直線下降，老鼠趁機蠢動，老鼠增加就會把每家每戶每天都必不可少的木桶咬壞，木桶便供不應求，訂單也飛速上升。

這樣的諺語看似勉強，其實，正是一環緊扣一環的生態鏈，有這一環就會套上另一環，就如超市。超級市場也是超級大環，套著無數小環。只要去那裡逛上半圈，油、鹽、醬、醋、柴、米全被套進籃裡，而一爿爿曾經立門戶的醬油店、鹽店、砂糖店……只能離套了。說實在的，小店和小業主實在不願這樣被鬆套。任何時代都有適合這個時代的生計手段。

註釋

1 明成祖朱棣，或稱永樂帝，明朝第三位皇帝，公元一四〇二年至一四二四年在位，在位二十二年，年號永樂。這段時間稱爲永樂盛世。

2 老虎灶是上海近代歷史上一種販賣開水的店鋪，一般位於弄堂內，現今已絕跡。其中較大的老虎灶除了供應開水，還會開設茶館和渾堂（浴室），部分老虎灶提供送開水服務。

3 華清池位於陝西省西安臨潼區驪山北麓，是唐代華清宮內的溫泉浴池，以溫泉和風景秀麗著稱，更因唐玄宗和楊貴妃的愛情故事而著稱於世。

4 三味線是日本的一種弦樂器。樂器由四角狀的扁平木質板面蒙上皮製成，琴絃從頭部一直延伸到尾部。通常會用銀杏形的撥子來彈奏。三味線的原型是中國的三弦琴，大約在室町時代（1336—1573）末期，中國的三弦琴傳到了沖繩，形成了早期琉球群島的「三線琴」，之後傳到日本本土，逐漸形成了三味線。

遛孫

一歲零三個月的外孫女米米，有一天從四隻腳的爬，一下子兩隻腳的走了。這一突變，興許米米本人比周圍的誰都更吃驚吧。至今爲止一直被大家譽爲「模範拖把」的米米，要去媽媽身邊，去電視機旁，去廚房搗亂都得爬，所經之路都不用再掃。做家務的媽媽高興，但是對米米來說，「爬」費力費勁不說，視野也狹小。僅僅能看見爸媽的腳、桌椅的腳，另外的風景就是地毯、家具和冰箱的下面。來到這世界，用兩腳走出的第一步是如此不易，不珍惜哪行！於是一有空、一有機會就要邁開一左一右的步伐。

這不，今天才來外公的我家還沒半小時就開始對媽媽指手畫腳。因爲還不會說話，就不停地上下聳動身體，用小手指著窗外吵著、叫著要往門外走。正與外婆聊得十分起勁的媽媽不搭理，米米就哇地一聲哭了起來以示警告，慌得外婆手忙腳亂地去幫著解圍，要接過米米來抱，卻被媽媽一把攔住。

見「哭」不救！

哭著的米米只得改變策略，眼睛往四周直溜，尋找獲救機率大一點的對象。當掃描到外公的這堵牆防守得不太堅牢時，頓時分貝加大了，身體也逐漸往外公身邊湊近。果然，外公聽不得這好傷心的嫩聲嫩氣，只得將靠近的米米抱起來哄著，「走走走，去外面。」說著，還一個勁地給她擦眼淚，擦了幾次也沒見眼眶裡有半滴淚水出來。

一旁，米米的媽媽嘆氣，才學會走路沒幾天，就在家坐不住了，每天都要出去溜幾圈才罷休，跟養狗沒什麼兩樣，眞累人。

「那，外公這就出去溜溜米米吧」，外公這樣回答媽媽。一旁的米米雖然聽不懂，但是見媽媽與外公的樣子就知道目前形勢一片好，不是小好，是大好。隨之就飛快走去躺在榻榻米上，因爲媽媽平時要帶她出門總讓她先躺平，紮好背帶才能背出去。但是，今天是外公帶著出門，不用。於是，米米忙不迭地與外婆、媽媽揮手作別，再見再見，回頭見。讓外公攙扶著下樓去了。穿鞋時，是那樣的順從服貼，一改平時對襪子的討厭、與鞋子的不共戴天，連笨手笨腳的外公都覺得給小孩穿鞋太不費事了。

鞋襪順利穿完後，一老一小、一高一矮並排往外走去。附近有個蠻大的小公園。白天，有許多上年紀的爺爺奶奶在那裡做操，做完操就作鳥獸散。接著來的是一批打槌球的老公公老婆婆，反正每天都是休息天，不急不忙，只聽撞球響，只聞樹葉落。上午，整整一個上午，都是白髮們的遊樂園；到了下午，放了學的小學生來了：溜滑梯，盪鞦韆，打球，玩沙坑，傳向四周的盡是童聲一片，泛起陣陣生機、活氣。最近，又添了一個隔著那麼幾天也來湊個熱鬧的米米。

來外公家，往小公園跑，能與不認識的小哥哥小姐姐在一起，眞快活。這一帶對米米來說是熟門熟路啦。半路上，先得與放在牆角邊上的那個大紅色滅火器打聲招呼，我來了，我來了，還記得我嗎；然後，沒走上幾步，指著掛在籬笆上的幾塊有烏鴉圖案的招牌露個笑臉，還不忘湊上去摸一摸，敲一敲，好像在關照「乖點兒，乖點兒。」之後，才走進小公園。

幾天沒來了，地上盡是乾枯了的小樹枝，泛黃了的樹葉，米米一個勁地撿著，手上拿了一大把，玩上老半天後，一下子蹲下去，把小手放到地上去擼，瞬間手上沾滿了塵土。

外公見狀，慌慌忙忙要掏口袋裡的紙巾給米米擦手，而米米卻不慌不忙，將沾滿泥土的小手往嘴裡送，悠悠地舔了一下，又舔了一下，小臉上顯出一副怪模樣。「不得了啦」，這邊，外公已經大汗直下。

近來米米在家裡凡是覺得新鮮的東西看一看、摸一摸不過癮了，非得舔一下才罷休。抽屜裡的，冰箱裡的不用說，手機，電視機、空調等用的遙控器一拿到手就模仿大人按按摁摁，之後還會情不自禁地伸出舌頭去舔上一舔。但是，在公園裡舔泥土還屬首次。

不過，米米的舔，也喚起外公的我與米米一樣大時的殘片記憶。一個暗暗的房間裡，周圍有很多與自己相仿的小孩，我在舔著牆壁。

「托兒所的阿姨來告狀，說你動不動就舔門、牆，誰也勸不住。還喜歡一個人鑽在床底下，桌底下」，長大以後老母常這樣說。要不是米米也在重複同樣的動作，我一定會覺得是老母開的玩笑。

米米來到這世界以後，讓早從記憶裡刪除掉的、似乎已經不存在的東西隱隱約約地又再復原再現。而米米就好像是一張昨天與明天的記憶卡。

去外面逛完一圈歸來的米米臉上盡顯陽光，那陽光也反射到了外公臉上。

沒有的豐足

雞叫、狗吠，清風陣陣，白雲蒼狗。從新幹線通過的縣城盛岡到這裡有一百三十公里，是從上海到蘇州東山的那段距離。

背包客卸下旅行包，走進茅草屋，坐在地爐邊，聽木炭在火裡劈啪起舞，圍爐裡茶壺的開水咕嘟輕唱，然後就著烤魚，倒上一盅當地的清酒「涼霞」，翻開剛從舊書店裡淘來的小說《蟬時雨》——因電影《黃昏清兵衛》而揚名的藤澤周平[1]筆下的江戶時代，武士們活下來的世界應該還在東北這地方。

如今這世界因爲有一個他和一個她在經營，居然依然在線，興許會永遠留存。

那年，一個他和一個她在兩邊蔥綠蔥綠，道路筆直筆直的倫敦大街上相遇。走著走著，偶爾聽到邊上有人說了一句簡單得不含任何意思的鄉音「這個……」，於是怯怯地上前「你是……」、「嗯，你是……」地攀談起來。來這裡留學，在快要領畢業證書時才在異鄉聽到了多年沒有聽到的鄉音。

從此，這毫無含義的鄉音開始了意義深遠的新內容。

在他鄉的最後一段光陰裡，相約去逛了想逛而還未逛的倫敦角角落落，然後告別了這塊土地。他和她相信，此後的人生也會如第一次相遇的那條大街一樣，蔥綠蔥綠，筆直筆直，望不到盡頭。

手攜手回到剛從山姆大叔手裡回到日本的沖繩，然後買了一輛快報廢的大卡車，帶上剛認領的愛犬，由最南端劍指最北面，大篷車晃蕩晃蕩出發了。

福岡、大阪、名古屋、東京，一路向北。在離目的地的北海道還有幾步遠的岩手縣境內停下了：綠茵茵的山，清澄見底的河，再往東走一點就是藍藍的呈現彎曲線條的太平洋。人口四千的村莊，有一個乾癟乾癟的村名，叫「野田村」。要是叫帶點詩意的「田野村」興許人口還會多一些吧，他和她玩笑著說。

在一處有一百五十年歷史的茅草房前佇立長久。

「就這裡吧」他試探。

「嗯，就這裡吧」她點頭。

於是，不走了。從此，時間也停下了。

他和她將到手的這茅草屋稍作整修，改成一天最多接納三組過路客、背包客、流浪客的民宿作爲此後的生活源泉，並起名「苫屋」。苫，有茅草之意。從此一天復一天像垂釣的姜太公一般過日子：有來客，請進，無客人，晴耕雨讀。

沒有電話、沒有電視、沒有網路、沒有影片，除了一架收音機——如今不知此爲何物的年輕人大有人在。有過客想打電話，告訴他在近一公里外有個公用電話；想上網，三公里之外一個小木匠有台電腦能借用。

沒有咖啡館、沒有超市、沒有 Outlet，更沒有香奈兒，有的是自己種的無農藥、自然生長的蔬菜和水果；還有，嘴很刁，只食水苔的鯰魚就生存在附近的清流裡。將捕來的鯰魚放在火上悠悠地烤，整個空間便會溢滿魚香，所以鯰魚又稱香魚，烤熟後連魚骨都能入肚。

融和寧靜的世界裡，來往也可，不來往也罷，活在當下那一刻，享受眼前這一份。一幅「雞犬之聲相聞，老死不相往來」[2]的現代版鄉村畫。

茅草房的苫屋冬暖夏涼，不，不僅涼，還冷，所以一年四季使用地爐[3]。什麼是地爐？就是用來取暖、燒烤、烘焙的那東西，安置在牆壁上叫壁爐，安置在地板上稱作地爐。傍晚，主人和旅客圍著地爐四周坐下，然後喝著、聊著、烤著。他和她把自家田裡長出來的蔬果烹製後擱在客人邊上；有空閒時，她給要來投宿的觀光客寫回信，告知哪日客房有空，然後第二天，或者第三天去一次七公里外，投入信箱。客人收到帶著地爐香味的明信片，踏上北上或南下的旅途。

就這樣，他和她在這「沒有」的生活裡生活了「有」四十年。

「就這麼走過來了，再這麼走下去吧」，他說。

「嗯」，她點頭。

註釋

1 藤澤周平（1927—1997）是日本時代小說作家。出生於日本山形縣鶴岡市，本名小菅留治。他的小說作品多爲以江戶時代爲背景，描寫當時的庶民與下級武士的悲歡離合爲題材。

2 出自《老子》。

3 圍爐裏，阿伊努語稱爲「アペオイ」，是日本大和族和阿伊努族傳統住宅中一種設置在屋內的永久性家具。傳統的和式與阿伊努式住宅會在地板挖開一塊四方形空間並鋪上灰燼，用來燃燒木炭或柴火。主要作爲暖房或料理用途。

鳩居

1

東京，那繁華銀座的一角有一處專門經營詩箋信紙、文房四寶及和紙製品的老店鋪——鳩居堂，有如西湖邊上堆著一爿西泠印社[1]，南京路上有家朵雲軒[2]那樣。鳩居堂，怪怪的店名，卻聽說出處來自《詩經》。〈召南・鵲巢〉裡有「維鵲有巢，維鳩居之」之句，譯成現代白話文便是喜鵲築成巢，鳩鳥來居住。

「鵲」與「鳩」同為自然界的鳥類，喜鵲手巧，不，嘴巧，會用嘴銜來無數樹枝，然後編成鳥窩；當然，鳩鳥也巧，巧奪喜鵲的鳥巢為己窩。

其實，這本是兩鳥之間的故事，與婚禮之類風馬牛不相及，然而《毛詩・序》曰，此詩為國君之婚禮，而朱熹《詩集傳》則稱是諸侯之婚禮，爭吵多少年也不讓。

此後，更有鳩居堂的店老闆也來參戰，插上一嘴，以這鵲巢鳩居現象作為自己開張店鋪的店名，嘻嘻，眞是不知天有多高，地有幾寸。

店主的理由很充足：「商店雖是店主（鳩鳥）在經營，其實，沒有顧客（喜鵲）上門，只得去喝西北風。」這就是說，買家與賣家，顧客與店主之間的關係有如鳩鳥佔用了喜鵲的窩一樣，店主僅僅屬於借住。

這家三百多年來以賣香袋之類起家的文具店，一直持有這種謙卑之心的經營方針待客，至今沉香繚繞，代代不息。

不過，有一天，有好事者問起第四代的店主：「鳩居堂有自己的店主在經營，用自己的店鋪做生意，繁盛了百餘年是值得稱頌的老鋪，還說這是借住，不覺得奇怪嗎？」

店主不知如何應對，便求助於著有《日本外史》的大思想家賴山陽（一七八一—一八三二），山陽便隨口答曰：「是家也好，是國也罷，並非從自己這一代才開始，而是祖祖輩輩相承下來的結晶，就好比我們都借住在先祖的廳堂裡一樣。一國一家，或一店之買賣之所以出現衰退或消亡，是因爲忘記了這一根本，還以爲是自己的私有之物。爲了防範這樣的過失出現，就必須以保護祖傳爲己任，才不至於衰敗、荒廢。」

就如鳩居堂這一名字那樣，始終要以「鵲之巢，爲鳩居之」爲本，謹謹慎慎經營，方會繁盛。一則《詩經》新解。

2

元旦是日本的新年，新桃換舊符的年底，正是家家都忙著打掃、做年夜飯的時候。我就怕過這一日子，因爲太冷，一想到就會把頭縮起來，把手趕快插進口袋。

這是寒冬的開始。當然，也有愉快的回憶，有一年的年末，從午後就開始下起大雪。一年不見的雪景令人有多興奮！於是，帶著小女在外面又是打雪仗、又是堆雪人，忙得眉毛、身上盡是白雪飄飄。

但是，不知從何時開始，年底的大掃除已不再那麼縮頭縮腦了，雪仗、雪人漸趨漸遠，變得陌生了……當然，小女也早已長大。哪料想，前年的十二月三十一日，白天的氣溫居然接近攝氏二十度！

我發愁地想，也許過不了幾年，除夕和正月，是不是可以搬一張小板凳露宿在外，一邊吃著年夜飯，一邊搧著扇子，悠悠地數天空上的星星呢？

不敢再往下想。

人人都是地球上的過客，而地球僅是人人暫住一時的地方，理當珍惜、愛護，然後再傳給下一代。有如接力棒得傳給下一個賽跑者，借來的書要還回圖書館，讓新讀者閱讀一樣。地球，這已經誕生了四十六億年的美麗星球，是祖先借給這一代居住，也應該由這一代原樣傳給子子孫孫……若不這樣，此後的子子孫孫們將會無家可歸。

不知不覺，那位今年二十歲的瑞典環保少女格蕾塔．童貝里[3]憤怒的臉又浮現在眼前。為此，我也想借「鳩居」一詞，為地球與人類作一新說。

3

有鳩居之心，然後才會鳩居。

註釋

1 西泠印社位於中國浙江省杭州市西湖孤山西南麓，是中國研究金石篆刻的一個百年學術團體，有「天下第一名社」之稱，今爲全國重點文物保護單位。西泠印社的金石篆刻技藝是國家級非物質文化遺產。

2 朶雲軒是位在上海市，收藏以及銷售、拍賣字畫和藝術品的國營企業，1900 年由孫吉甫在上海創辦。1960 年在南京東路山西南路附近重建。1992 年，朶雲軒註冊成立中國大陸第一家藝術品拍賣公司。

3 格蕾塔．童貝里（Greta Thunberg），瑞典的一位學生。她爲提高全球對全球暖化與氣候變遷問題的警覺性而在瑞典議會外進行「氣候大罷課」行動，並在 COP24 上發言。她被稱爲「瑞典環保少女」。

小河邊上的家

家有小女已長成。曾經也上學，也畢業，此後也與同學一樣出門謀生。

成人之後，作父母的就不再插嘴，不再問這問那，任其自由地飛。雖然很多時候是很想問這問那，甚至最好長著七張嘴、八隻耳地想問想打聽。但僅僅是忍著再忍，假裝不聞不問。

有一天小女成家了，有窩了。當然，是暫住的，有如小鳥離開舊巢時，先要扇動一下是否已經硬了的翅膀，探探穩還是沒穩的腳步，才敢向新天地跨出第一步那樣抖抖顫顫。飛離父母的眼皮底下，從此要靠自己銜回一根根稻草、一節節樹枝築窩是此後的第二步、第三步，個中有辛苦有不安屬於自己，有歡樂當然也不會屬於他人。

但是新巢，應該是何種模樣？

《詩經》上不是有「維鵲有巢，維鳩居之」嗎？通俗一點的解讀就是，喜鵲自己築巢，鴿子更愛借居。鵲與鳩對居家所持的立場與人類有什麼兩樣？於是自然就形成了兩派：凡是巢得親手築的屬鵲派，反之，一生不過一春，借居並非不可的是鳩派。

應該鵲居式還是鳩居式，近來常常是小女與夫婿間編織未來時必定觸及的話題。向來隨遇而安的小女，觀點傾向於借公寓，方便。說飛就飛，遠飛近飛隨自己心願，省事而身不纏瑣事，只要一把鑰匙在手，世界也就握在了手心。正宗鳩派也，我感嘆。

而夫婿不然，覺得獨門獨院才是上乘。走進庭院，站在閉著眼也不會跨錯的門檻前，收眼盡是心安理得的天下。由此才會滿溢出一個看得見的我、我們、我家的氣氛。嗯，百分之一百的鵲派。

兩人商量來商量去依然舉棋不定，便上門來問。人各有志，此事古難全，所以，起初我裝著沒聽見，讓風從耳邊吹過了事。問了多次，內心實在贊同夫婿的主張，我也絕對是鵲派，非鳩派。

有道是，居家居家，有居才算有家。很多年前，即使結了婚、有了家卻無窩，萬不得已只得硬著頭皮遠走低飛來到了他鄉，就是為了一個小小的心願，一個有滋有味鵲居的家，有如吃飯得用自己的碗筷一樣是最最基本的基本。

如今，輪到小女築窩了。實在理解她的一而再，再而三的煩惱苦慮。但最終是鵲派佔了上風，鳩派不得已而從之：獨門獨院才算家。

之後，草圖擺上桌面。坐北朝南、庭院、全家聚一起說話的地方、孩子們自己的天地……排列在元素表上的這些基本元素，缺一不可。簡單明瞭的設計圖由兩人簽名後提上了日程，一個又一個的假日便是他們出門丈量能擺得下這如夢場所的日子。挑來選去，選中一塊面朝小河的空地，據說是擁有者擁有的最後一塊祕境。坐車去市中心上班、購物、閒逛只半小時的距離，此外，附近有幼兒園、學校、超市、醫院，更有綠地與流水於其間，該有的有，該方便的絕沒不自由。

老父默然聽著，歡欣於內心。

因為小女選中的那地方我也熟悉，常在那裡散步，離我家要說伸出手當然摸不著，但是看得見：一條小河延綿不斷，流向未知的遠方就是路標。

市塵總會消失，繁華定有終日，但相信那涓涓細流，芳草連綿的小河一直會流淌。絕沒有「三秋桂子，十里荷花」[1]，卻能觸摸孕育出《枕草子》、《方丈記》、《奧之細道》的清流‥新綠時，佇立在小河邊聽小鳥此起彼伏的叫聲就如在欣賞拉威爾的〈波麗露〉，潮漲潮落的月夜湧動著有韻的節拍，秋葉飄滿的河面蕩漾出一灣夕陽，而岸邊小鴨、白鷺、鵜鶘則顯一幅印象派的油畫。我彷彿已看到此後不久小河裡的風景，將變幻著映在小女家的窗前，一天天、一日日。

爲了完善這張草圖，這個亦夢而非夢的現實，近來小女和夫婿忙起來了，忙著編織自己的窩，不，還是夢‥和建築公司商討圖紙設計、外觀圖案、室內造型，從零開始起步的一切。

多好！他們的奔波，讓已不再抱夢幻的我對看不見的未來感受滿眼的色彩。不是期待老後有去處，僅僅覺得不遠的身邊有著流水相伴，有著小女離開舊巢而新築的鵲窩，有著孫輩的叫聲、喊聲、啼哭聲、歡笑聲……

註釋

1 宋代詞人柳永在〈望海潮〉一詞中，以「三秋桂子，十里荷花」來形容錢塘之美，古錢塘也就是現在的杭州一帶。

在那之後的楊貴妃

從成田機場坐車前往東京的市中心，有一個地名不知是否引起您的注意。

初到這塊人地生疏、語言不通的地方，說新鮮也新鮮，說無聊也無聊。坐在車上只能看看窗外的風景，數數經過的車站聊以解悶。途中一個站名躍入眼簾：

「我孫子」

「！」

孤陋寡聞的我，驚訝後和自己下了賭注：「下個站名肯定是你大爺。」沒中。心有不甘之餘，竟擔心起這地方有沒有人住。一查，有。近代文學史上連知堂兄弟[1]都得對他們鞠上一躬的「白樺派」[2]志賀直哉、武者小路實篤，以及思想家柳宗悅等都有故居在此，不表。

中原和日本都使用漢字。身爲異鄉人對有些地名頗有不解：關西滋賀縣有個「朽木村」，聯想到久已未讀的《論語》裡朽木不可雕也之句，無非那村裡盡是……不成？失敬失敬。

又一次，坐友人的車去他老家福島縣。看見高速公路上赫然標著「勿來」兩字，我不覺哆嗦起來，一定是來自交通警察並不溫馨的警告吧。趕快提醒友人：既然人家明寫著勿來，我們還是勿去吧，勿來勿往是禮貌。他沒聽懂，隨口說：快了快了。過了勿來，就到家了。喔，原來是地名，嚇我出了不止一身汗。

從此便開始留心起各地地名來了。

不過至今都沒弄清楚的是，有些地名忽略漢字的原意，譬如：吾妻、秩父、保母、休息、接待、途中之類。而有些地名很久之後才知所含之意：一直喜歡加藤登紀子唱的〈知床旅情〉，不過每次聽都奇怪為什麼叫知床，而不是起床或賴床？「知床」，阿伊努語[3]，天涯海角之意。那地方本來是原住民的地盤，卽如今蟄居北海道，僅剩萬把人的阿伊努族，北海道的地名幾乎都用那些不明不白的漢字來表示：札幌（乾燥廣袤的大地）、函館（灣岸的盡頭）、小樽（沙灘上的河流）等。

日本山多，故圍繞著山的地名也多，同時又是孤立在海上的島嶼，無論從哪邊都可以鑽進來。開頭提及的「我孫子」，當年就是半島人起的名，也是半島人聚集之地，誰先搶到山頭誰就是老大。

因爲是一個沒有柵欄的地方，生於斯、逝於斯的人們好像也沒有什麼地理概念。雖然是在日本國內，卻散見著如下的地名：外國山（岡山縣）、日本國（新潟和山形之間）、兩國（東京）、國境（滋賀縣）、海上（千葉縣）、海中（愛知縣）、海底和海外（均在神奈川縣內）……

這現象在古代中原也常見：春秋七國、五胡十國，吳國、蜀國、魏國的「國」字也如此，不過是同一個圈子裡亂立的山頭而已。由此感慨，自豪能探查火星、上月球、網際網路的現代人，實在都是把碗蓋在臉上吃飯。

《史記》裡有記載，連統一中原大業都沒怎麼費力的始皇帝，有一天突然想再活個上萬年，料想神仙也不敢不答應。於是派了一個叫徐福的算命先生前往日本去採摘不老不死的神仙藥。受命後，徐福也沒去大使館申請，或在家等簽證，說走就走地帶著幾十條大船，載上三千人馬從琅琊出發。其實哪有長壽仙藥可以採，只是八卦老先生的嘴厲害。他知道空手回去腦袋一定會被摘下來，便一不做二不休地留了下來，還撒下無數情種。

如今地名和人名裡有的福岡、福島、福山、福田等，傳說不是他涉足過的地方，就是他涉獵後的子孫。和歌山縣更感恩，還爲老先生塑了一尊像擺著。而早已失傳，卻收藏在京都東福寺的中原宋刊本《義楚六帖》（現爲國寶）竟玄乎地透露，老先生就定居在富士山腳下。

總之，不管始皇帝、徐福，還是此後白居易等都知道那遙遠的海上有個仙人住的地方，甚至安史之亂後楊貴妃也一度在那裡住過。

可信？可疑？

想當年，玄宗口水直下三千尺，好不容易才從兒子那裡搶到手的貴妃，怎麼會從長安跑到隔著山、隔著水的日本來？但是，九州熊本縣天草龍洞山有個「楊貴妃」的地名是確確實實的。當地的傳說如下：

很久很久以前，龍洞山附近蓋起了一棟新房，住進了一個美麗得讓村裡人覺得可怕的姑娘。有年夏天，病疫流行，村民們急得走投無路。美人得知後，把從中原帶來的草藥分給眾人，解救了苦難。她自稱姓楊，名玉環，冊封為貴妃，正在等著皇上派人接她回去。一天，烏雲滾滾、電閃雷鳴中，一條巨龍降臨山頭，攜著美人消失，留下一個香袋掉落在山澗裡。為感謝美人在疫情中的無私相助，村民們便把村名改成「楊貴妃」。

迴轉再長話短說一下《新唐書》上的記載：安史之亂時，爲了安撫官兵，得殺楊貴妃。不過，若是眞殺，玄宗第一個不願舉手。所以，他派了最最最的親信高力士一人在梨花樹下監督讓楊貴妃自縊。而一年後揭開荒塚時，遺骨皆無，僅香袋一個而已。

五十年後，白居易肯定也聽到一些風聲傳聞。《長恨歌》那句怪怪、無法理喻的詩句就是一切的說明：忽聞海上有仙山，山在虛無縹緲間。

而今的學者也從實測的海潮流向中證明，楊貴妃暫離大唐後一時隱居於此，並非不可能。因爲從中原往九州漂流，時速四海浬的帆船五天卽可到達。

註釋

1 知堂兄弟指中國現代新文化運動代表人物周作人（號知堂）與其兄周樹人（魯迅）。

2 白樺派是日本現代文學中的重要流派之一，以創刊於一九一〇年的文藝刊物《白樺》爲中心之作家與美術家形成。該流派主張新理想主義爲文藝思想的主流。

3 阿伊努語在聯合國教科文組織認定的瀕危語言中處於「極度危險」狀態，是日本處於危險狀況的八種語言中唯一歸爲此類者。雖然現在仍然使用阿伊努語的人口已變得非常少，但由於不少人擔心阿伊努語會消亡，所以開始重新學習。根據一九九六年的統計數據推定，阿伊努語現時有語言人口約一萬五千人，其中能操流利阿伊努語的人只餘下十五人。

如果語言是威士忌

村上春樹和他的作品總是與「鋪天蓋地」連在一起。

他理應歸檔於小而又小的純文學小圈子，不料效應讓愛情專家渡邊淳一與推理名家東野圭吾加起來都沒他賣得出色。《挪威的森林》一千萬本以上的奇蹟，雖離東京的人口還差一截，但在大阪，人手一冊還會多出一二成，或許冠以通俗小說才更合適。

世上比純文學有趣的數不勝數，爲什麼唯獨村上能破天荒呢？

就如西門慶要搭上潘金蓮，沒有隔壁的賣茶王婆來摻和就休想。君不見，每年桂花飄香霜葉紅，諾貝爾獎開跑，村上的書就會成套成捆地擺在書店醒目的地方。得獎也罷，不得獎也行，銷售量都在直線飆升。

潘金蓮嫁人心切，而賣茶王婆更希望那日子越往後挪越好，坐收漁利還怕賣剩？書賣得紅火，而村上卻低調，低調得近乎神秘，這東躲西藏不願露面，據說也是衝著那大獎而來的策略。年年有獎竟次次落空，不知不覺中錯過了十幾年、十幾次，實在難以忍耐。

不是嗎？連後輩石黑一雄都丟下他，自顧自地直奔瑞典領獎台。於是，破罐子破摔，開始到處出頭：從文學界竄到體育界，又去音樂界露面，最近竟插足教育界了：一會兒把文稿捐給母校開圖書館，一會兒又在開學典禮上發言勵志，以爲大家都忘了他讀個大學費了七年時間的事。是埋頭在做作業嗎？不，與未婚妻一直忙於四處開酒吧呢，難怪比同屆晚了三年才領到畢業證書。

陽子夫人，一個眞正的糟糠之妻。學生時代兩人合開酒吧，然後合開結婚證書。村上每寫出一篇小說，夫人不僅是第一讀者，還會提出很多意見。

但是，成書後的署名只有一人：村上春樹。

無論短篇、長篇、散文或雜文。唯有一本，也僅此一本，簽著鴛鴦倆人的大名，書名《如果我們的語言是威士忌》。

一本夫婦結伴的蘇格蘭、愛爾蘭觀光記。由村上寫稿，夫人拍照。不，夫人攝影，村上配文才是眞實，我覺得。書中的文字、照片都沒給倫敦和都柏林留下倩影，卻大寫特寫我在讀這本書前沒聽說過、也不知怎麼翻譯的 Islay。一查，發覺有幾種版本，取了其中一個「艾雷島」。

從大英帝國的版圖上來看，艾雷島不過是一個……屁眼，太失禮，叫肚臍眼也不錯的孤島。但是說這眼道那眼，就是不起眼。

夏天沒幾日的舒坦後，受墨西哥海潮的影響，孤島就鑽入了長長雨季的隧道，其間除了一個冷字，還是冷。

陶醉的風景，沒有；名勝古蹟，沒有；熱鬧的遊園地，沒有；饕餮一頓的山珍海味，沒有。但是背包客不絕。

獨自一人來到這荒僻的島嶼，借一處無人打擾的叢林小屋，靜靜地讀著平時想讀而沒空讀的書。暖爐裡泥炭伸出火舌發出細微的聲響。沒有電話聲，沒有電視畫面，桌上一瓶愛喝的當地威士忌，外加酒杯一盅。將目光從書本上移開，便是昏暗的窗外，風風加雨雨。

不遠處，很火紅的電視評論員坐在餐廳一角，眺望著窗外海浪，默默地獨自就餐。當地人都知道他，但誰也不去煩他，由他盡情地享受難得的孤獨片刻。

村上寫完這段文字後，連著幾頁是出自陽子夫人之手的海景。荒涼的海岸邊，一頭又一頭的綿羊；烏雲壓城的天空下，左邊是深沉的海，右邊是黑綠的山崖，海堤上佇立著兩三隻黑白參差的小鳥，一副繞樹三匝何枝可依[1]的神情。

不曉得怎麼回事，讓我想把這天老地荒的艾雷島，與遠在天邊的無盡沙漠連在一起。那分明是千年不死、千年不倒、千年不爛的胡楊木流儀[2]。寫《漢書》的班固這樣敘述時，眼前浮現的一定是大海。

有著近二百五十年產業文化底蘊的老牌帝國，吸引人的不是機械，也不是高樓，而是都市中的田園，田園裡的一派綠色。

夫人的鏡頭便是如此的色彩。

村上作品裡不缺酒的存在。出場費都是全免的，因爲村上能喝。夫婦來這孤島，就是衝著威士忌而來。

成名作《聽風的歌》是在棒球場上一邊觀看比賽，一邊喝著啤酒時冒出的靈感。《挪威的森林》在情人直子離開人世後，與那位玲子的姐弟戀是從葡萄酒開始的。而《國境以南，太陽以西》則是酒吧老闆的故事。

不過，村上很少細說威士忌，正如他幾乎不提清酒一樣。這次竟走遍了島上的威士忌酒廠，還不惜筆墨介紹各有的特色。從查爾斯王子獨愛的拉弗格，到令人以為在飲用消毒液的拉加維林，列出了一張由烈性漸趨柔和的酒單。

到底是開過酒吧的酒豪，應該最懂威士忌。在島上與夫人同桌喝著時，村上感嘆：要是我們的語言是威士忌就簡單多了，一個將酒杯遞過來，一個把酒杯接過去就行。有道理。

書賣得出色，內心卻隱隱的一片荒涼。寫了那麼多，說了那麼多，居然也會有如此的寂寞感，芸芸眾生如何慨當以慷？

人有其思，各敍其言。艾雷島的充滿泥煤和海草味，一般人難以接受是威士忌，而三得利的不帶個性，老少皆宜也屬威士忌。同一個威士忌的屋簷下，住著不同口味的威士忌居民才稱得上真正口碑吧。

翻看完陽子夫人攝下的一幅幅鏡頭，我想：「威士忌有威士忌的語言，當然語言也有語言的語言。語言並不一定是酒杯裡的威士忌，卻可能是鏡頭下向人傾訴的語言。」

註釋

1 「月明星稀，烏鵲南飛。繞樹三匝，何枝可依？」出自兩漢曹操的《短歌行》。

2 胡楊，又稱胡桐（《漢書》），是楊柳科楊屬胡楊亞屬的一種植物，常生長在沙漠中，它耐寒、耐旱、耐鹽鹼、抗風沙，有很強的生命力。在水分好的條件下，壽命可達百年左右，被形容為「胡楊生而千年不死，死而千年不倒，倒而千年不爛。」胡楊是生長在沙漠的唯一喬木樹種，且十分珍貴，可以和有「植物活化石」之稱的銀杏樹相媲美。

篤篤篤

1

早晨的人行道上，一幅異樣的風景：人流像電腦上的方向鍵，劍指相同地方，車站。人人都匆匆忙忙、目不斜視，主流拿著公事包和背包，非主流背著書包、手提購物袋。若趕時間要去車站，即使不是老土地，只要跟在後面卽行。

家附近有一個人，每天早上和我出門的時間幾乎不相上下，相信也是爲了趕那班快車。我與他之間相隔二十公尺左右的距離，總望見他的背影。僅從後背判斷，說年輕不年輕，說長輩還不夠。不過，不會錯：是個盲人。拄著一根國際標準型的拐杖：桿身的三分之二是白色，下部爲醒目的紅色。

滾滾人流中，只見他中規中矩地走在人行道中間的那橘黃色導盲磚上。篤篤篤、篤篤篤……拐杖不停地敲打地面，時時刻刻確認著有沒有走錯。若敲出的聲音異樣，可能是走偏了的表示；同時，篤篤篤也在提醒周圍的人：眼睛不自由，見諒見諒。

導盲磚延綿不斷地鋪在人行道、台階和車站月台上，拄著拐杖的他只要不偏離，就能順利到達所有要去的地方。

地鐵站到了。走上台階，走向剪票口，然後跨進月台，乘車。一步一步、一腳一腳地，絲毫不顯凌亂。

要是在還沒鋪上導盲磚的地方，那根拐杖會再往前伸出一點，篤篤篤的聲響也會清脆些。是爲了更早地預測到突如其來的意外吧，比如避免撞到突然奔出來的孩童、飛快接近的自行車，或者魯莽失控的汽車等。

和他一前一後，已經許多年了。不管晴天還是颳風下雨，結著冰的冬天還是颱風過後滿地落葉的夏日，總能遠遠聽見篤篤篤的聲響。多少年的風雨中，他都平安無事地走過來了。

雖然看不見，卻能平安，卻也無事才算上乘。

相形之下，在這繁忙嘈雜的世界裡，每天都有視、聽、觸、味、嗅覺，甚至六感都發達的人遇上交通事故，汽車相撞的慘禍，或者因掉以輕心而入水，由不愼而從高處墜地的事情發生。但是，可聽說事故者是雙目失明的嗎？不能說絕對沒有，相信少而又少。

所以我常苦思，長眼睛和不長眼睛，差別究竟在何處？

2

幾個盲人在一起摸象。

一摸到某部位就各陳其是：說大象是柱子，像織網，為樹幹，似扇子，如高牆。

〈盲人摸象〉，一則自小就聽過無數次，聽得都能生出繭來老掉牙的故事。一直以爲這是從《呂氏春秋》、《淮南子》之類哲理濃厚的大書裡摘錄出來的，非也。來自恆河那邊。《涅槃經》、《華嚴經》裡都有，是大唐三藏法師取經時帶回來的。此後，宋朝出版的《五燈會元》裡居然先後四次（卷八、卷十一、卷十八和卷十九）引用了這則故事，可見那時代說家喻戶曉也許還嫌早，至少已普遍。

如此多的佛經裡有這故事，無非就是想說清一個大道理：切忌以偏概全。不過，覺得說故事的人僅僅是憑著想當然在說，並無現實依據。換句話說，盲人目盲，但不盲目。與正常人相比，雖然難辨黑暗與光明，但是對於周圍環境的了解和留意並不比正常人差多少，更何況手裡還握著拐杖在爲自己探路。

已被帕運會承認的盲人足球賽就是最佳例證。

一般的足球賽能讓人感受力量與速度，運動員的健全四肢，特別是銳利觀察的眼睛必不可少。無法想像眼前一片漆黑的人奔跑在球場上，繞過對方的種種阻礙，然後，射門。

盲人們就是藉助來自教練，來自守門員，來自傳來傳去的足球等的聲音，當然還要調動其他感覺來彌補看不見的缺陷，最終衝向球門。這是力量與聲音融洽配合的比賽，此時的聲音等於手中的拐杖等於眼睛。常識告訴世人，正是有缺陷、有不足才會產生去彌補的慾望和意志，相反也是。

3

相傳佛教之前的耆那教裡也有內容相差無幾的〈盲人摸象〉，然而結論不同：

王者在聽了六個盲人的所見所聞後歸納說：諸位說的都對，大象具有眾人所說的所有特徵，要是把各位觸摸到的部位綜合起來，就是完整的一頭大象了。

眞理，表象會有不同，可以通過多重管道來表達或者感受。

篤篤篤，盲人摸象，越摸越像。

九相之後僅一想

1

《紅樓夢》裡妙玉有過一句令人不願記、不想記，但不得不記的妙語：「縱有千年鐵門檻，終須一個土饅頭。」生命就是一段由活蹦亂跳而蹦跳，而只蹦不跳，最終不蹦也不跳的過程。

就如那獸中之王的猛虎。

生來就是力量的象徵，就是爲了與弱小生命作對才立足於這個世界的猛虎。那些走路還在抖抖顫顫、依附在母親身邊吮奶的，或者缺臂斷腿不自由的，一旦進入猛虎的視野都會瞬間成爲盤中美餐。

但是生前再猛，也會有躺在路邊的一天。到了那時，別說還在媽媽懷裡的小不點可以去啃、去舔那昔日的英雄，卽使是被踩上一腳就得送命的螞蟻也會爬上去咬上一口，塞個滿嘴，然後搬運回家。

面對這由「弱肉強食」始，又以「強肉弱食」終的生命鏈故事，蘇東坡的《髑髏贊》表現得特別淋漓：「黃沙枯髑髏，本是桃李面。而今不忍看，當時恨不見。」這恨難見而不忍看的過程其實在京都西福寺、安樂寺，九州國立博物館等的收藏裡居然還有繪畫，其名《九相圖》[1]，模特兒是一位皇后。

卻說八世紀時出了一個三大書法家之一的嵯峨天皇[2]，娶了一個可稱得上是楊貴妃姊妹的美女，叫檀林皇后。娘家也曾是望族，後來家道中落，如今又因爲她，開始出現了興旺兆頭。

這位檀林皇后篤信佛教，曾留下遺言吩咐，死後不用安葬入土，將自身由美而醜、有血有肉而化爲骷髏一具的過程描繪展示給修行和尚觀摩，以此期待後者能從美的幻影、性的煩惱中覺醒。

我也看過此《九相圖》。不過，看是看了，未敢直視其細節。

簡單地說，就如那田裡生長茂盛蔥綠的韭菜，起先摘下來時還是水嫩嫩的，堆著放著之後就耷拉下來，漸漸地變黃、發爛、腐臭、生蛆，由蟲咬、被雞啄。《九相圖》就類似這樣，用了共九張一組的連環畫，寫照出「朝爲紅顏夕白骨」的如實，鮮豔鮮豔的具象，隨之走向生生息息的大自然。

生命，本來就是悄悄地從泥土中來，又靜靜地走向泥土，說無奈也無奈。

2

離我家不到兩百公尺遠的地方，住著一對老夫婦，不清楚究竟幾歲了。十幾年前剛搬來，就見老太太走路微駝，老爺爺滿頭白髮，所以總覺得他們生來長著這副仙人神相。

不過，老夫婦的住房和庭院值得一觀。

說增之一分太多，減之一分太少是過譽，但是比例合宜，虛實恰當。在每日出門的必經之路上，每每路過都在心裡大讚特讚。草坪蔥綠，松樹幾棵，南天竹一排，角角落落裡種著四季應景的花卉，都被修剪得整齊有致。綠蔭叢中掩映出一幢別緻的宅邸：並非傳統的和式，也非現今流行的毫無個性的四方、直筒式。整體上呈三角形，類似一組尖角齊上的三角立體組合。從院子外往裡張望，彷彿是童話裡的小小世界，老夫婦就出沒在這童話裡。

然而，就在半年前的有一天，又路過門前時，卻發現外面的信箱已貼上了封條，而以前修剪整齊的樹木、花卉、草坪也把多年來的拘束一下子放鬆開，盡情任性地瘋長起來，有幾處還佈滿著一大塊一大塊的蜘蛛網。滿目盡是荒蕪。一眼就能看出人去樓空已久矣。

人去何處，樓為何空？

雖然我住得很近，但不在同一區域不便多問。總之，老夫婦不尋常地突然消失了。此後也不見由後人來收拾、整理的跡象。

興許，老夫老婦手攙著手，一同出遠門去素描屬於兩個人的《九相圖》了吧。

3

有一忘年交，有兩個漂亮的女兒。大女兒已在法國成家，小女兒雖沒高飛，但住得不近。五年前太太去了那個世界。能知道的僅這一點點。

一次我與忘年交對話：

問：彼岸節快到了，不去太太墳上掃墓嗎？

答：不去。她沒有墳。

問：這不很冷清嗎？

答：生前她關照過，女兒們遠道來掃墓不容易。走後索性把骨灰撒了，不必麻煩後人。

《莊子》裡有記載，莊子將死，弟子們齊聲呼喊要厚葬。老先生堅拒曰：「吾以天地爲棺槨」，不用。太太簡直就是莊子再生。

對妻子的這一遺囑，忘年交一直想不通。違約吧，以後去那世界相聚時如何交代？尊重遺願把骨灰撒掉，又實在於心不忍，徬徨再三不願下土入葬。所以，太太的骨灰盒至今還放在他的寢室裡每天與他作伴著。妻子卻比忘年交想得明白多了，曾對他說過：「能記住父母的兒女有，但是，兒女的兒女，孫輩的孫輩就不一定了，指望百年後孫輩的孫輩來上墳是不靠譜的。」

與他稱忘年交，實在是我的單相高攀。一流大學畢業，一流企業就職，住在一流的地方。如今孤身一人。閒聊中他說，最近他的好友組建了一個救濟貧苦家庭的NPO民間組織。並告訴我，他也成了成員之一。

猛虎老去，讓正嗷嗷待哺的小動物去舔去啃，讓排成長隊的螞蟻們紛紛搬去。

這是《九相圖》的第幾張？

4

傳說，孟婆站在閻王殿第十扇門的第六座「奈何橋」橋口，等著衆生去喝那碗帶酸帶甜帶苦帶辣的八味迷魂湯。讓你忘卻一切以後，才能從千刀萬剮的十八層地獄走出來，走向來世。但我納悶，孟婆爲什麼不站在今生通往來世的門口，讓人先喝一碗孟婆茶，把一切丟在現世，淨身出走又何嘗不可？

註釋

1 九相圖是一種日本繪畫題材，是按墓園九相去繪畫九個屍體腐化的過程。九相在大乘佛經《摩訶止觀》及《大智度論》中亦有記載。

2 嵯峨天皇（786—842），日本第五十二代天皇。擅長書法、詩文，被列爲平安時代三筆之一。他的強勢統治讓天皇的權勢有力上升，在八二三年退位成爲治天之君到八四二年過世爲止，共三十三年。他還開創弘仁、貞觀文化的文化繁榮期，藉由支持留唐的密教大師空海，使平安時代前百年成爲唐風與密教大興的文化穩固期。

電話費

「孩子們大了，我也畢業了。」

課堂上，學漢語的學生造了這樣的句子，並作了一番解釋。

女兒二十五歲，兩年前大學畢業。進一家金融機關工作之前對母親說，以後自己付電話費了。這之前，全家四口組團，共享同一家電話公司的廉價服務，每月電話費由一家之長的共同錢包裡掏出。去年，兒子也接到某建築公司的錄取通知書，之後就和母親一起去辦理切斷共享服務的手續，也獨自分離出來了。

雛鳥們翅膀硬了，離巢時，不帶走一片雲彩。不，不帶走一點牽連。於是，舊巢裡只剩下一對築窩的原生鳥相守。

這學生不知是高興，還是寂寞，便有了如此的調侃。

當時，我聽了有些不解。不再啃老是子女長大最可信賴的標誌，做父母的何來寂寞之由？

卻說，我家的電話付費方式也是全家組團廉價型。家有雛鳥，其實展翅起飛得更早。至今工作已六、七年了，但是，從來也沒有跟原生鳥們提起過自己付電話費之類的瑣碎小事。在她，也許很忙，也許。而原生鳥們也不願特意開口，覺得爲一點雞毛蒜皮傷害相互間的感情不值得。同時，在原生鳥看來，上一代與下一代在想法和看法上總會漸趨漸遠，能與雛鳥連繫的東西隨著歲月的流逝，只有減少未見增多，所以，爲雛鳥代付一點實在不足掛齒。區區的電話費興許也是一根連繫著這一層搖搖欲墜的紐帶。所以，一直睜一眼閉一眼地過了若干年，只要原生鳥眼裡的雛鳥不出聲，此後還會睜半眼閉半眼地過下去。

另一頭不使勁切割，這一頭絕不會先拉斷，興許天下父母都是這一層心願。

最近聽說電信公司推出了一個既可用 5G，還奉送手機一台搔得人心癢癢的新花樣。手上的手機用了三年有餘，功能上雖無大缺陷，只是對剛從插座上把插頭拔掉，過不久又要充電有點無奈。因故一直有換一台的念頭，卻又懶於安排到議事日程上來。

趁此機會吧，妻子提議。

於是，將此事告訴了雛鳥。雛鳥也高興，也同感，一口答應下個星期三人一起去換新手機。原生鳥掛完電話後，發覺通話的另一方並沒有提出任何其他條件，就知趣地想，看來還得餵養一段時間呢。雛鳥即使飛離舊巢，還會不時打道回府來找點食餌吃吃的。

那天，三人行，一起去辦手續。

店堂裡空蕩蕩地沒幾個人，沒費多大功夫就順利辦妥了。最後在確認付費時，原生鳥告訴店員，還如以前一樣，費用一起付，說完便抽出信用卡就要結算。不料，眼前的信用卡變成了兩張，多出一張。一旁的雛鳥補充了句：讓爸媽代付這麼多年，實在過意不去，以後讓我自己付吧。

三隻鳥變成了兩隻鳥，另一隻斷線。

舊巢裡的兩隻原生鳥互相對視，有些喜悅，驟然也覺得有些寂寞。

人間賣鬼

小時候，家附近有一處不小的墓地。有一次和家兄走夜路回家，之前兩人一直互不搭話，一前一後朝前走。但是，臨近土饅頭一個緊挨一個的地方時，居然同時唱起歌。一邊唱著給自己壯膽，一邊偷偷朝著同一個方向看：生怕那兩三星火之處，會有什麼一下子蹦到眼前來。

已經到了自己也快去那地方歸隊的如今，依然清晰地記著這情景沒忘。

鬼可怕，不用人教，可是誰也沒見過，而正因爲沒見過才好奇。不覺得自己對摸不著吃不透的，會更想伸進頭去，扒開那半遮半掩的窗簾，往裡探出個究竟嗎？所以，圍繞著鬼這勞什子，自古以來出現了數也數不清的故事。

不過讀來讀去，發覺那些寫鬼的高手，或者鬼才們筆下的鬼，其實並不怎麼可怕，甚至出乎意料地善良。《聊齋誌異》裡的〈葉生〉卽爲一例。

一書生終身奮斗在考場，卽使死了都未能離開考、試二字。考了無數次總是落榜，幾近失望時遇到了一個好官，最終在成鬼後總算中舉了，而且這一執念導致他病死後，不知自己已死，繼續爲恩人的公子補習，也幫他中了鄉試。

讀過的人都說此篇是蒲松齡的「夫子自道」，老先生竟不惜粉墨登場扮鬼以頌鬼。而老先生講的〈鬼妻〉的故事，倒是有點讓人屁股不敢著凳地感慨。

說的是有一夫婿，新近沒了妻子，傷心至極。這件事被戶口已劃入陰間的鬼妻知道了，不覺憐憫起她這前世的丈夫來，便冒著受責罰之險來與前夫相會。天黑時來天亮時走，以報生前的夫妻之恩。孰料，此後丈夫卻背著鍾情的鬼妻，不僅另娶了新歡，還施法術讓鬼妻難以跨出墓穴。

一則鬼施恩與人，人反目於鬼的故事。一點也不可怕，一點也不離奇，相反卻看到了人的不情不義。

《聊齋》之後，又過了數年，冒出了鬼才袁枚，也擅長寫鬼，也有同樣的鬼趣。

袁枚，一個「不爲五斗米折腰」的讀書人，不依附官場，靠自己的才能經營隨園，養活自己及全家老少。閒來無事便烹調，便寫詩，便培育女弟子，且樣樣拿手。之外還集了無數離奇的鬼故事成書，書名《子不語》。

「子不語」一詞，源自《論語》的「怪、力、亂、神，子所不語也」。孔夫子被後人扶成一個如此一本正經的呆像，讓鬼才袁枚不服，覺得聖書《論語》可以不語鬼，但不代表所有聖書都沒語，連《雅》、《頌》都語了，吾輩何嘗不可語？於是，不語則已，一語竟語出三十四卷，一千二百餘則。

一篇〈鬼怕冷淡〉，說鬼的世界其實就是人的世界，鬼也喜聚集在富貴之家，而不去打擾貧寒之人。為什麼？因為富人有錢，家裡總是暖烘烘的，而窮人家地寒，進去之後，連鬼都會氣衰。以此證實人的世界那句「窮得鬼都不上門」。

《聊齋》也好，《子不語》也罷，鬼不可怕的事實讓後來的知書、信書、寫書、鍾書的錢老先生寫鬼寫得更大膽，書名就叫《魔鬼夜訪錢鍾書先生》。

鍾書先生自稱此文為散文而非小說，就是說至少不是虛構。那麼，袁枚說的鬼愛去富人家，而不走窮人門，是否可以套用在錢老先生身上暫且不去過問，那無趣鬼夜訪老先生的書齋，居然教會了書呆子很多書裡找不到的哲理，留下了以下的鬼話值得一讀：「人類幾乎全無靈魂。有點靈魂的又都是好人，該歸上帝掌管。」

錢老先生在人前很飄渺，而在鬼面前卻顯得分外謙恭，竟低三下四地請教怎麼讀當代人寫的傳記，對此，那鬼並不嫌煩，溫馨地教誨說：「作自傳的人往往並無自己可傳，就稱心如意地描摹出連自己老婆、兒子都認不得的形象。」

各位，這哪是談鬼經，分明是談人的經驗。如果不信，可以把老先生那本《寫在人生邊上》的小冊子找來一讀。但讀時要多加注意，蠶豆再好吃，吃之前要先把豆殼剝掉。去掉那些一貫的掉書袋、滿篇的羅馬字才是關鍵。

鍾書老先生不怕鬼，是因爲鬼不可怕。而依我率直說一句，其實是鬼怕人。

東晉時代有一本《搜神記》，有如照妖鏡，不，照鬼鏡，從中可辨清人與鬼的不同。一篇〈宋定伯捉鬼〉即可印證。

有個叫宋定伯的人走夜路遇見了鬼。鬼老實，自報是鬼，宋定伯不老實，矇騙說自己也是，於是，兩個作伴同行。鬼一路顯示自己是鬼，而宋定伯處處告知自己不是人。

宋定伯更試探鬼怕什麼，鬼隨口道出了自己的致命弱點。於是，宋定伯抓住了鬼的弱點，把鬼背在肩上，一口氣就跑到市場上把鬼賣掉了。

人的眼裡，鬼很齷齪，不可接近；而鬼的眼裡，人如何呢？

袁枚有一則《鬼避人如人避煙》的故事道出了天機，鬼之所以要躲避人，並非出於故意，是「其氣可厭而避之」。換句話說，人怕鬼而避鬼，相反，鬼怕人是人的可厭。

註釋

1 隨園是清朝詩人袁枚隱居江寧（今江蘇省南京市）時所築的私家園林。

不倒翁配小和尚，外帶一個大和尚

1

新桃換舊符的時節[1]，朋友路過群馬縣高崎市，帶來一個外形與不倒翁相似的「達摩」送我，以示吉祥。記起知堂的《木片集》[2]裡有過記載。

因不倒翁一詞含圓滑取巧之意，玩具雖負盛名，在中原最終還是倒了。傳到日本之後久盛不倒，初時叫起き上がり小法師（能起來的小和尚），後又取其粗眉大眼、身穿緋衣、兜住了兩腳，才通稱「達摩」。

友人告訴我，其實小和尚和達摩並未通稱，就像魚是總稱，再分黃魚、帶魚、鯉魚一樣。在「不倒」這一點上各佔其位，至今和平共處著。論輩份來說，小和尚在先，達摩或者七福神等居後。

從日本最古的百科詞典《倭名類聚抄》也可查到：小和尚的原型源於唐朝一個

叫「酒鬍子」的小玩具，最初活躍在酒席上，供大人們勸酒助興所用。鼻尖高聳，酷似三星堆[3]裡貼金銅人頭像的再生，木製，底部尖尖。類似陀螺玩法，在盤中一轉便飛舞起來，即使倒下也能轉上幾圈才躺平。靜止不動後，頭朝著誰，誰就得讓杯中物淨空。

卻說時光到了那位造金閣寺的足利將軍當政，他暗地與明朝眉來眼去作生意時，有商人順手把酒鬍子領進了日本。來到異地後的酒鬍子開始戒酒，並將胡人的圓滑奸詐一併改掉，經一番潔身修行，手腳全無而底部呈半圓形。於是，任你怎麼推倒，依然重新直起。因爲頭頂光光勝過一休[4]，喜得圍觀的頑童連連起哄不願回家。從此不僅成了孩子們的寵物，還有了一個相應的大名「能起來的小和尚」。

小和尚最初在京都經久不倒，於是又南下到了關東。

哄小孩是小和尚的專職，所以品質上不太講究，買時得留心。可以當場挑選，因爲不是每個小和尚都能推倒又直起來，選到倒下又能坐起的是好運，不起來的可拒買。小和尚形象有趣活潑，又有百折不倒之意，在民間便坐上了吉祥物的寶座，被當作聯姻、考試時的守護神。當作禮物買回家時，人手一個還不夠，要再多買一個，取多多有餘之意是當地的風俗。

而玩具達摩呢？若說小和尚數福島縣會津地方最靈巧、最有人氣的，那麼達摩就屬群馬縣高崎市的爲上。達摩是大和尚，面相不如小和尚可愛，鬍子拉雜，還兩眼瞪大，一臉胡人相。大和尚來自恆河邊上，是國王的三兒子，北魏時曾在洛陽、嵩山等地修行。大和尚壁觀九年，念經念得腿腳都給念沒，總算結出了正果，從此做大。全身塗得紅紅，因底部繫著重物，推倒能直起，也是孩子手上必不可少的不倒翁，之所以能歸隊於吉祥物，是取其持之以恆的韌勁。

但是，說大小和尚是一家人還嫌過早。

達摩坐禪而面壁九年的故事，用在凡事都不可半途而廢的場面就是當之無愧的勵志篇。這類賺取眼淚的手段，與做買賣最相配，可以取之不盡、用之不竭。

達摩的面相雖有點不雅，受日本人的敬仰度卻超出玩具界，日常風景中常有他的形影。大雪天堆的雪人叫雪達摩，新年的趕集叫達摩早市，還有達摩船、達摩碳爐等。我偶爾與朋友去坐坐的那家屁眼大小的壽司店，店名居然也以達摩命名呢，配嗎？

然而，最能顯示達摩眞功夫之處不在念經和敲木魚上，而是哪家孩子留了一年、補學了三年考上大學，或者哪個議員在久經百煉的競選活動中終於勝出當選了。於是，請出一直冷落在牆角邊的達摩，把圓圓的兩眼塗得漆黑漆黑，以示願望實現，是一種成功之後的還願儀式。

2

卻說知堂有關民俗、地方風俗的那些文字平實詳盡、多彩多樣，讀著讀著常會將他與日本的思想家、民藝收藏家柳宗悅重疊在一起。

柳宗悅一生傾注於收集來自普通人日常過生活使用的道具上，還特意創造了一個新詞語「民藝」。一疏忽就會錯過的民間工藝品中那些蘊藏著難以泯滅的美。

而知堂呢？

不僅談家鄉紹興的風俗，也談日本的風俗。很多都已經成爲過去，但是，卻留在了知堂的字裡行間。後人的我們可以從他的記憶、他的筆下尋覓到祖先走過的足跡。雖然那些東西在當地有些早已無影無蹤，到了IT時代更不著痕跡，但是知堂的筆墨依然飄香，能品嚐、能回味。

正如我們的飯桌上至今還在食用的胡桃、胡麻（芝麻）、胡椒、胡瓜（黃瓜）；手上拉的胡琴；能在一起玩耍逗樂的波斯貓……都是從遙遠的「胡」而來，先人印上了胡字記號，讓今天的後人知道：那些本來並非源於中原。

文化是流動的，不固有、不固定，在流動中又會孕育出新的生命。

註釋

1 「爆竹聲中一歲除，春風送暖入屠蘇。千門萬戶曈曈日，總把新桃換舊符。」出自宋代王安石《元日》。古代相傳有神荼、鬱壘二神，能捉百鬼，因此，新年時於門旁設兩塊桃木板，上面書寫二神之名或畫上其圖像，用以驅鬼避邪。桃符後也指春聯。

2 《木片集》爲周作人（號知堂）後期散文的代表。題材延續之前懷人憶舊、名物風俗、草木蟲魚等主題，談希臘神話、南北點心，分析農曆與漁歷、避諱改姓，甚至蝙蝠和貓頭鷹、烏鴉和鶺鴒這樣的題目也能愜意談來。

3 三星堆遺址位於中國四川省廣漢市城西三星堆鎮的鴨子河畔，屬青銅時代文化遺址。由於其古域內有起伏相連的三個黃土堆而得名，有「三星伴月」之美名。三星堆遺址證明了長江流域在上古時期並非是蠻荒之地，而與黃河流域一樣擁有高度文明。

4 一休，室町時代著名的禪宗奇僧，同時也是詩人、書法家和畫家。

與米米的約定

快到吃晚飯的時候，下班的女兒把外孫女米米從托兒所接出，順路來附近的我家吃頓飯是日常。

出了托兒所，就好像飛出了鳥籠，米米是那樣地活蹦亂跳：先讓外婆抱一抱，轉身又和外公捉迷藏。幾天沒見，怎麼能不親熱親熱？要上班要做家務的爸媽不可能這樣陪著玩。

但是，此時外婆關心的是關在托兒所一整天的米米肚子餓了，該做什麼好吃的才能對上她的口味？因爲米米剛兩歲，慾望很多卻無法暢快表達，只能靠在一旁的人爲她想、代她說。

今天也是，外婆一邊忙晚飯，一邊與媽媽在嘀咕，不知道她渴不渴，晚飯前是不是先給點水喝喝。說者有聲，聽者有意。

只見米米馬上跑到碗櫥前，拉開玻璃門，拿出她專用的杯子對外婆一個勁地表示著「這個、這個」。這是她現在能表達最完美的語言，還說不完整，但能理解大人們的會話內容了，讓外婆又驚訝又高興。

但是，並非大人拿起杯子，米米就會聽話喝下去的。

也許，米米常見爸媽用杯子漱口，有時是刷牙的時候，有時是從外面回到家的時候。先喝下水，然後把頭往上抬，喉嚨裡發出一陣聲響後吐出來。

這一連串的動作讓米米覺得太好玩，很新鮮，也想學。所以，有時給她水喝時，她會含在嘴裡不馬上咕嚕咕嚕地飲下，而是指手畫腳示意去水槽那裡，因爲身高還不夠，便要大人抱著去。到了水槽邊也不立即吐出，先搖頭晃腦一番以示在漱口，最後吐出，之後總算現出一副心滿意足的神色。

玩耍中長大是小孩最大的特徵，在玩與長知識之間，能顯示出大人的功夫。很多次米米喝水是在當作漱口玩。於是，大人順著她，讓她喝了一嘴，在抱往水槽去時，讓她說出這兩天學到的詞語逗她。好勝的米米不知是陷阱就回答了，含在口中的水憋不住，自然就吞下肚了。這樣反覆幾次，她喝到了需要的量，也盡了她的興，雙贏。

但是，以爲剛兩歲還不懂，是大人們的錯覺，心心相印與年齡大小無關。

今晚的飯桌上，米米吃飯不暢快，前兩天還很喜歡吃的蔬菜，今天不是不肯吃，就是嚼上幾口就吐出來，一心專注於面前那盤紅彤彤的大草莓。外婆很理解，忙放到她夠得著的地方，想讓她多吃一點。一旁的媽媽插話了：醫生說水果糖分很多，最好在吃的同時，也要多多攝取蔬菜。對醫生說的話總是百分之百依從的媽媽把裝有草莓的盤子移開了。

米米見狀怎肯罷休？吵著、鬧著，要從椅子上站起來去拿、去抓。

媽媽沒辦法，便和米米談判：要吃完小碟子裡四分之一的青菜，才可以吃一個草莓。還不會說，卻能理解的米米看了看左邊的鮮紅鮮紅，又估量右邊的綠綠蔥蔥，內心一定在左右搖擺。猶豫了半天，還是草莓誘惑大，大得讓米米不僅一次，竟然點了數次的頭。

米米急急地把媽媽遞到眼前的青菜塞入嘴裡，眼睛緊盯著草莓，擔心飛走。正努力往下嚥時，媽媽悄悄地又在米米的碟子裡放了幾根菜葉，米米忍著也塞進了嘴裡，媽媽又添加了幾根，這下，米米一口把嘴裡的青菜全吐在碗裡。

不陪你玩了，米米盯著媽媽。

大雪天裡，白髮老爺爺把受傷的白鶴抱在懷裡救回家養活了。為了感恩，白鶴將自己身上的羽毛一根一根拔下來織成羽絨由老爺爺拿到市場上去賣，以貼補貧窮老夫婦日常的油鹽醬醋。白鶴唯一要求的是，在她編織過程中不能張望，老夫婦當場答應。但是，好奇心最終打破了約定，於是，白鶴飛走了。

米米當然還沒聽過這童話，但是米米信守諾言，媽媽愛女心切卻失約了。在一邊的外婆前來打圓場，告訴米米，再吃一點青菜，就可以吃草莓了。米米搖擺了片刻，嗯嗯地點頭，雖然說不出，但是，聽得懂。

一言爲定。

米米再次把青菜塞進嘴，然後，將小手伸向草莓……當然，媽媽不再爽約。

妻子的遺產

妻子走了以後，每年兒子們還是照舊拖兒帶女地一起來家過年，朋友說。

朋友有三個兒子。

老大已婚，育有一子，老二還未婚，和他住一起，老三最小卻結婚最早，妻子在時，就已有一女二男三個孩子了，今年居然又添了一個小寶寶抱在懷裏。

朋友不擅長烹調，常常早中晚飯輪流去附近的小吃店解決，流程事先有安排。偏不偏食、重不重複，日程表上一目了然。

不過，新年就在眼前，一年中難得見幾次的孫子孫女們要上門來拜年，怎麼能不準備一點？兒子們最終商量後，決定初二來。

老天爺善解人意。那天暖洋洋的，晴朗的天上連一絲雲都不好意思來打擾，所以，全家十一個人按原本計劃，先由做爺爺的他領著去附近奶奶的墓地上墳，回來後便在院子裡擺開桌椅吃燒烤。

燒烤，再簡單不過了，只要把眾人都想將筷子直線往一個方向伸去的魚、肉、蔬菜裝盤放桌上即可。不過今年另外添了一點自己做的小花樣。

那是去年新年聚餐後，快小學畢業的大孫女菜月，在眾人面前與爺爺的約法三章。菜月，三兒子的女兒，五個孫輩中的老大，也是唯一的孫女。愛讀與謝蕪村俳句[1]的妻子由「菜花正金黃，月在東邊日西沉」的名句爲孫女取了「菜月」這個名字。妻子疼愛菜月，菜月也喜歡往爺爺奶奶家跑，所以，從奶奶那裡學做過幾樣菜。

也許人世間東西南北都一樣，在喜氣洋洋的日子裡，討口彩[2]的菜餚是不可或缺的。比如在中原常見的年糕（年年高）、湯圓（一家團圓）、餃子（金元寶）之類；日本呢，過年的飯桌上煮黑豆（健康長壽）、栗子金團泥（財寶滿堂）等，必然少不了來登場客串一番。

奶奶走後，菜月見爺爺常常像偎灶貓[3]一樣無精打采，前次過年的飯桌上便向大家提議，明年這兩道菜由爺爺唱主角，她做幫手。在座的聽後都鼓起掌來，好主意地連連叫好。在場的爺爺躊躇了片刻，最後還是爽快地答應下來。年底，公司一開始休假，先把家裡家外院子車庫打掃之後，就動起手準備年菜。

第一道「煮黑豆」。

煮黑豆不難，就是很花時間。從把乾黑豆浸起來到端上桌，差不多得花兩天。聚餐時擺在每人面前的小碟煮黑豆，顏色不僅要烏黑發亮，外表還不能有一點點的皺皺巴巴。那是長壽的象徵，所以，煮時要耐心、要花時間用小火。

爺爺按菜月給的食譜照做，做完後用手機拍了一張給菜月，得到一連串的讚。通過！頓時信心倍增，隨即又動手做「栗子金團泥」。

以前妻子做這道年菜，總精心挑選色相皆屬上乘的紅薯用蒸籠蒸，待涼透後碾碎，碾得不含丁點雜質，不見些許筋筋拉拉，入口即化才會受歡迎。

附近有一個地名就叫「名栗鄉」的栗子產地，妻子當年去那裡採購後用糖醃製存放，端上桌的這道菜總是金黃足赤。目前還在公司發揮餘熱的他呢，無奈沒有如此空閒，只能讓菜月去超市買現成的充數。菜月不僅買了帶來，還幫著爺爺將要用的紅薯洗淨、去皮，然後蒸煮攪拌。與菜月合作的這一作品，看上去顏色比妻子遜色，不過才剛上桌就沒蹤沒影了。

一年一次的新年聚餐在喜氣洋洋中開始，又在和和睦睦中收場。妻子去遠了，走了有四年，而那身影依然在新年飯桌上若隱若現。

註釋

1 與謝蕪村（1716—1784）是日本江戶時代中期的俳人、畫家。二十七歲之時，因崇拜松尾芭蕉，追隨其足跡周遊東北地方。之後遊歷丹後（今京都府北部）、讚岐（今香川縣）等，四十二歲之時，定居京都。

2 討口彩利用語言的諧音和一些事物特性，人爲地加以創意獲得新的寓意，寄託人們的某些良好的心理願望。

3 猥灶貓是上海話，指怕冷的貓。不管冬天或夏天都喜歡在爐子或太陽下面等較熱的地方，而且比較喜歡睡覺，這種貓通常出生在夏天。

螢火蟲的季節

宅在家裡一整天，到了傍晚，兩人都想出門走走，便去外面晚餐加散步。選了一條沿著小河，平常沒走過的路。

小河彎彎，很長，卻沒有路燈。一路走來就像從暗室裡隔著窗簾往外看，僅見遠處的燈火點點。我不在乎，身邊的那位卻有點怯怯的，難得地緊靠著不離。

走著走著，陡然傳來一聲：「要看看螢火蟲嗎？」

光顧左右，見漆黑中有一身影，微胖，稍矮，臉上像貼著一張黑紙看不清表情，只那聲音聽上去已與年輕二字相去甚遠。

啊，是螢火蟲的季節了，不覺喚起小時候在田野裡捕捉的記憶。

「往前走幾步吧。今天沒什麼人，不用排隊就可以進去看。」

妻子一聽，這麼晚了，即使走在外面也有點畏畏縮縮，還要進什麼地方？緊張地拉住我的手搖晃作拒絕狀。妻子這一勸，也讓我突然毛起來，腦中盡閃出一連串謀殺案之類的畫面。但又想沒這麼可怕吧？拉著妻子跟上了那黑紙。

走了幾分鐘後，在一處長長的平房前停下，依然沒燈光，隱約能聽見近處河水的嘩嘩聲。那黑紙慢慢地打開門，讓進。妻子磨蹭著，只能由我硬著頭皮來面對「螢火蟲謀殺案」。

室內無燈也無火。眼睛稍微習慣後，發現房間很深很長，至少有十五、六公尺左右，由中間一條細長的通道往深處延伸，兩旁有欄桿，是便於觀察飛著的螢火蟲而設置的吧。房間四周懸吊著很多細繩一樣的東西，前後左右一道接著一道，方便螢火蟲在上面停留。有的細繩上已有微小的亮光在閃爍，過了沒多久便有小亮光往靠近門口的這邊飛來。

「看，螢火蟲在飛。」黑紙解釋說，「它能感應熱度。把手伸出來，會停在你手上的。」

遵命。果然飛來一隻，居然還停住了。細細長長的身體，大約有十二、三公釐，帶點灰色的黑，尾部不停頓地張開，放出兩道綠色的微光，一閃、接著又一閃，不停。

螢火蟲喜濕，繁殖在梅雨季節。因爲這綠光才與一般的昆蟲分出了高低，讓孩子們亢奮。盛夏時，路上常見小孩拿著捕捉的網子由爸媽帶著往郊區方向走，但是，飼養在房間裡的還是第一次見。

「住在這附近的老人，平時閒著無事就想發揮點餘力，到處去捕捉來，然後在這房間裡放飛，讓暑假在家的孩子高興高興。」黑紙繼續解釋。

螢火蟲與孩子的緣分自古就有，不僅僅當今。

魏晉南北朝時，有個叫車胤的就是靠這小小的螢火蟲而如日昇天地有人氣，居然光照至今。史書上說這孩子勤奮，卻因家窮點不起燈。所以，夏天抓幾十隻螢火蟲放在袋裡，借助那綠光夜讀不疲，然後就修身齊家治國平天下了。

眞是一大碗鮮得讓世世代代的子孫直咂嘴的雞湯。

我站在這間黑房裡，看著停在手上的小小生命，驟然想做個實驗：借助它的微光試試是否眞能讀得了文字。費勁費力了半天，遺憾的是勉強能辨出手上的汗毛，但要長時讀文字幾乎是不近人情的舉動。少年車胤能以此不倦地夜讀，常人無法比。方悟出古人望子成龍心切，講故事從來不以現實爲基礎就能憑空打草稿。

不僅車胤聚螢，更有孫康映雪，頭懸樑、錐刺股……因爲在現實中近乎不現實，才拜託講故事的高手要從很久很久以前說起吧。

餘興未盡，還想往房間的深處去探險，被身旁的妻子緊緊拉住，連聲向黑紙道謝作別，感謝他的古道熱腸。然後，硬拉我逃跑似地往外走去。

半路上，還眞碰見了幾個老大不小的男人拿著手電筒忘我地捕捉螢火蟲呢。

綠葉．鳥聲．清風

1

喜歡辛棄疾。

不過，最初讀到那句「男兒到死心如鐵，看試手，補天裂」時，留下的僅是功名心切、肝火過旺，憤青的印象。漸漸地才發覺，這青年到底有點不一般。

不僅僅是他「近來始覺古人書，信著全無是處」的焦慮與質疑傾倒了我無數年，他與身邊的斜陽、大樹、鳴蟬、鷺鷗、青草、螞蟻的睦鄰相處，更令我忍不住想拍拍他的肩膀，招呼一聲「哥們好樣的。」

有一天，青年正獨坐「停雲」，依稀中有雲飛風起，隨後，水聲、山色都屁顛屁顛地打從遠方競來相娛，說要與他攀親熱、捧他場。喜得青年無處抓撓癢癢，便急忙信口就是一句：

我見青山多嫵媚，料青山見我應如是。

哈哈，水聲山色原是本色，卻反而要來看他的臉色，您說這青年傲得如何？真把那青山秀水都當作膜拜自己的粉絲啦。真正的單相思，皮厚得可以。不過，令我深覺親近的是，他即使爛醉如泥，依然不忘能與樹呀草的打打鬧鬧：

問松「我醉何如？」
只疑松動要來扶，
以手推松曰「去！」

能如此與山山水水勾肩搭背的辛棄疾不可說不可愛吧。所以，王國維的那寥寥四字「粗獷滑稽」的稱讚，甚得分寸。

2

而山山水水的可愛，並非是辛棄疾一個人的專利。三百多年前，一個與俳聖松尾芭蕉[1]幾乎同時代的詩人山口素堂（一六四二—一七一六）也在風吹草低面前，似過動症般地抓耳弄腮。你看他描述過這麼一個初夏的情景：

眼裡是綠葉，耳邊杜鵑聲，還憶上市鮮柴魚。

本來嘛，初夏就是一個滴著綠，溢滿鳥鳴的季節：杜鵑聲、雨燕聲、雀聲、鶯聲……聲聲啼囀；綠色、黃色、紅色、白色、紫色……色色到位。蔥蔥鬱鬱，新葉滿眼，最讓人感受生命的蠢動。這之上，不僅有聲，還不失有色。

但是，在這聲色世界裡，鑲嵌在詩人山口素堂畫框裡的僅爲綠葉、杜鵑鳥、柴魚這三幅景象，有如馬致遠那幅：枯藤、老樹、昏鴉，不用多加一分，無須減少半釐，即使流淌過多少年，曾經的金秋還是同樣一幅印象。

卻說，綠葉、鳥聲，是從春到夏的歷程，但爲什麼還要有柴魚呢？問老母，問家兄：該是春筍、蠶豆滿地打滾的時候了吧？桌上熱騰騰的醃篤鮮裡漂浮著幾片剛上市的嫩筍，接著，一碗新蠶豆炒鹹菜端上來……每到初夏，常常會油然想起這時候的煙雨江南。是的，用眼，也用耳，不過，用味覺更能感受這季節，一樣DNA的緣故。啊，眞想馬上買張機票趕回家。

其實，鮮柴魚也一樣。把柴魚在火上烤一烤，然後一片一片地切開，加上圓蔥片，青蔥、生薑、山葵拌一拌，便是一道最合這季節的菜。

剛上市的柴魚有多厲害？套用一句此地的俗話就是：卽便把老婆送去當舖也想嚐上一口。罪過！罪過！當然，現在不用上當舖、借高利貸，直接用行動支付就好。新鮮就是一切。

3

初夏，可以不繫領帶、不穿西裝，不嚴不肅一個星期。對平日整天在車聲、噪音、喧鬧中度日的人來說，簡直就如天上掉下個林妹妹[2]似地滿身盡是興奮。

當然，也帶有幾分不安。

就如一個餓得前胸貼著後背的人，突然眼前是一桌滿漢全席而不知從哪動筷的不安一樣。不安來自慾望的膨脹，趁假日想吃個歡暢，想喝個痛快，還想玩個稱心。結果呢？什麼都沒發生。我休息，左鄰右舍的張三李四阿貓阿狗也休息。一句話，城市的休假等於喧囂。

看著曾經是那樣近在咫尺的富士山，此時正匆匆告別著冬季時的凜凜，悄悄地走向迷惘。要走遠了，那一副朦朦朧朧、似有似無如印象派的神態。毅然決定還是去野外，去爬上一天的山。去找詩人山口素堂的綠葉、杜鵑聲和柴魚。

或許山上的綠葉依然是三百年前的層層疊疊，林中的杜鵑還能啼囀出三百年前的布穀布穀，今天的柴魚……呀，不可能不可能，那是如黃金般的貴，不是我籃子裡的菜。

傍晚，從野外歸來，今日的微風輕輕拂面，一定有如三百年前的清爽。

引用

①詩人山口素堂的俳句原文：「目には青葉、山ほととぎす、初鰹。」

②辛棄疾〈賀新郎·同父見和再用韻答之〉、〈賀新郎·甚矣吾衰矣〉、〈西江月·遣興〉等諸首。

註釋

1 松尾芭蕉（1644—1694）是日本江戶時代前期的一位俳諧師的署名。他公認的功績是把俳句形式推向頂峰，但是在他生活的時代，芭蕉以作爲俳諧連歌（由一組詩人創作的半喜劇連結詩）詩人而著稱，被譽爲日本的「俳聖」。

2 「天上掉下個林妹妹」是劇作家徐進於一九五八年編寫《紅樓夢》越劇中的著名唱段，講述的是林黛玉剛來到賈府，看到還願歸來的賈寶玉，在相互見禮中，兩人的相互印象表述。其中賈寶玉唱道：「天上掉下個林妹妹，似一朵輕雲剛出岫。」越劇爲中國主要戲曲劇種之一，曲調婉轉柔美，起源於浙江嵊州，興盛於上海，主要流行於蘇浙滬等地區，目前爲中國第二大戲曲劇種。

能倒過來讀的才是書

若能有一天把塵封在書架上的《二十四史》[1] 取下來，倒過來讀一遍，不確定會讀出什麼味來。我常這麼傻想。

始皇帝統一了這塊土地，又在文字、車軌、斤兩的統一上做足了功課。之後才上泰山封禪，自以爲由他帶頭先坐上一世號的纜車，然後十世、百世、千世而萬世都會一擺一擺跟著吊在纜上……豈料！不過十四年。

項羽，將相後代，「羽之神勇，千古無二」的霸王。手上曾有兵士幾十萬，眼都沒眨一下就活埋了投降的秦兵二十萬，正意氣奮發的當口，竟然輸給了地痞小流氓劉邦，最後不得不烏江自刎時，身邊僅剩二十八騎。

唉，秦時明月漢時關，都是些聽得很爛，記得更熟的故事。難怪史書上都用大號字體印出來。不過，有些用小字號，有殘缺、模糊不清的地方也不要漏讀，或許換個姿勢，倒過來讀它一遍又一遍，歷史會更淸晰一些。

比如，一則已經被後人忘到國境之外的怛羅斯戰役[2]。那是大唐七五一年，花花公公唐玄宗正把羞花媳婦楊貴妃扶上床的花樣年華。

那年頭，祖先不僅精力旺盛，還挺懂結交四方好友一起飲酒划拳，所以弱小之輩競相排隊跪著來膜拜。禮邦之國，一個「禮」字就是最大的賣點：以禮示人，非以利誘人或以力服人。

史書記載，西域藩國石國（今烏茲別克首都塔什干）有「無番臣禮」，無規無矩，所以唐安西節度使高仙芝便領兵去征討。石國自知理虧，請求投降，高仙芝姓高，姿態當然不會低，便允諾和好。

如果僅僅到此爲止，就是一段不用化妝的「以禮相待」典範，速可編成一齣現代京劇樣板戲在全國無數次地巡迴演出。

但是，不知是石國送禮沒到家，還是禮輕仁義重，高仙芝突然變臉，撕毀了之前的承諾。此後，竟攻占並血洗石國城池不算，還屠殺無辜老人、婦女和兒童，搶奪財物，甚至把石國國王一擼而走。僥倖逃脫的王子向阿拉伯帝國的第二個世襲王朝阿拔斯王朝（七五〇——一二五八）發出了求救，高仙芝得到消息後，又決定採取先發制人之策，主動出擊。

結果？一敗塗地。

大唐三萬餘士卒幾乎全沒，痛心的是，讓後人至今都驕傲得脖子一伸一伸的四大發明之一的「造紙術」，也因此次戰役而洩露，後被傳往中亞，接著傳往歐洲。

看官，這位大唐大哥挨打是弱、是窮，還是因克己復禮而遭遇不幸？

休提。

再往後挪到大宋看看吧，一則誘引出靖康之變的徽宗時代的故事。當年，中原眼裡看到的四周，不是豺狼就是怪獸：「倭」，矮子；「匈奴」，既兇且奴；印度，「身毒」……甚至連「瑤族」也曾被寫成了「猺族」。哎，東夷、南蠻、西戎、北狄，唯有中原是文明的中心，「華夏」爲鮮花之地，牛糞堆上的一朵鮮花。

卻說那時生活在滿洲東部，屬通古斯民族的那個半農半獵的女眞族，最初受盡了「遼」的牽制。但是，在族長阿骨打率領下終於宣布獨立，建立「大金」時，正是皇帝宋徽宗的時代。

可當畫家、可當書法家、可當園林設計師，唯一當皇上是投錯了胎的徽宗此時計上心來，馬上前去套近乎，不僅把當年答應該給遼的銀兩錦帛轉送給了大金，還藉機獻策說，兄弟，聯起手來，從南從北來夾擊遼吧。

這就是所謂的「海上之盟」。

就此借刀殺人，在混水摸魚中把遼踢出了朋友圈。一個高高在上的超級大宋，玩的小聰明！

果然，大金這個傻大哥踐約，眞的向遼猛攻猛打，並一氣滅了遼。

殊不知唇亡而齒寒。

宋朝雖然與大金之間簽了盟約，而內心是看不起這些野蠻民族的。中原向來就有「以夷制夷」、「坐山觀虎鬥」的惡習，看著大金和遼互相殘殺，漁翁坐等得利。所以，說是派出了二十萬大軍，卻磨洋工，出兵而不出力，竟連連被打，微微戰績哪抵得上敗陣連連？

金人見狀心裡有氣，所以不願履行交回「燕雲十六州」的盟約，結果大宋只能用更多的錢物才贖回七州空城。

由此還引出之後的「靖康之變」：不僅皇上、皇后、皇族、宮女等皆爲階下囚，汴京（北宋首都開封）城裡也搶奪得一派狼藉，金銀財寶悉數擄走。從此，「北宋」硬被推上了前往「南宋」的馬車，殊不知竟是一條北轍而南轅，越走越遠的不歸路，嘴饞的兔子吃了窩邊草。

落後要挨打之說，常被人掛在嘴上，其實我倒覺得，有時挨打並非因爲落後。是那些「混水摸魚」、「借刀殺人」、「隔岸觀火」、「落井下石」等文化毒素的發酵和文化渣滓的泛起，才是眞正挨打的原因，翻開中原一頁頁古書舊紙能得到的印證不勝枚舉。

卻說，在如今這欺軟怕硬的世界，總有人要打、有人挨打。挨打容易記住，因爲傷疤是一塊閃閃發光的記憶，分外耀眼；不過，因爲挨打不光彩，有人就會盡其所能不透一點風聲搗嚴搗實，甚至眼裡還會冒出受了害的無數金星。

註釋

1 二十四史爲中國古代各朝撰寫的二十四部史書的總稱，是獲歷朝代納爲正統的史書，故又稱「正史」，記載逾四千年的中國歷史，上起傳說的黃帝，止於明朝崇禎十七年（1644年），計三千兩百一十三卷，約四千萬字，且統一使用分本紀、列傳的紀傳體編寫。

2 怛羅斯之戰是一場中國唐朝安西都護府的軍隊與來自現在阿拉伯地區的阿拉伯帝國阿拔斯王朝、包含昭武九姓國在內的中亞諸國的衝突。有學者認爲怛羅斯之戰是當時歷史上最強大的東西方帝國間的直接碰撞，也有學者認爲這場戰爭僅是兩個帝國邊疆上的牴觸和小衝突。

卻望并州是故鄉

漢學大家竹添進一郎（一八四二—一九一七），明治時期五大才子之一。說他是才子，沒丁點水分。

四歲開始由其父教《孝經》，五歲念《論語》，七歲攻讀《資治通鑑》。個子還沒書桌高呢，就已經把一輩子該讀的書全讀完了。才子三十歲過一點點時，作爲大使隨從人員來到北京。

一直仰慕中原的山山水水，仰慕孔明，仰慕三峽。在任期間，忙中偷閒請了三個多月的長假，扮成喇嘛，坐馬車由京城出發，一路向西：邯鄲、洛陽、函谷關、秦嶺，然後成都、重慶、三峽、洞庭湖……歷時三個多月，一百十一天，全程九千餘里。

歸來後完成一部記棧雲、寫峽雨的《棧雲峽雨日記》。棧雲的「棧」，指蜀國的棧道；峽雨之「峽」，謂三峽之水。也許與陸游的《入蜀記》，范成大的《吳船錄》

有相仿之處吧。但是，一個並非中原之人卻寫蜀國之事，上下五千年，這才子可是第一人。

閒話休提。

此書的「序」由大學士俞樾撰寫。俞樾何人不提，他的墨寶可從〈楓橋夜泊〉掛軸上見到；「跋」呢？勝海舟，明治維新的超級功臣。還有首相伊藤博文寫的對聯「民俗土宜眞學問，水光山色好文章」爲他拍馬屁。

中原曾有過的無數典故漸漸消失於史書，還有的都被他裝進肚子裡去了吧。一路上「中山靖王國」、「伏羲聖裡」的石碑、「八陣圖遺跡」等都未逃過他的眼裡。井底之蛙的我，翻此書方知孔門十哲之一的子貢（端木賜）故里居然是河南鶴壁市的濬縣。

以前只知世上有滔滔大黃河，卻不知還存有一條氾濫的小黃河，就是有時叫「無定河」，有時又叫「桑乾河」的那一條啊。元初才叫小黃河，因沿岸土質鬆軟，水勢一集中、一迅疾就奔流，就改道，類似黃河。一直到康熙年間經過疏浚，總算老實了，所以康熙一時高興，便賜此河爲「永定河」，才子在書中解釋道。

其實，最令我感嘆的不是才子的博聞強識，而是他的務實。

比如，途中他來到仰慕已久的諸葛亮「武侯墓」。跨進墓門，有小祠，有武侯像，再走數十步便見一土堆隆起，此為武侯墓。四周有牆垣，墓上草深深，松柏參天遮日……，這與《蜀志》裡的「因山為墓，不起墳隴」，《水經注》中的「因卽地勢，不起墳隴，惟深松茂柏」相符。但是，到了明朝萬曆年間，有一進士來此相地勢，指此武侯墓為假墓，又在墓後數步外，面朝東北另立了「漢丞相諸葛忠武侯之墓」一碑。

才子覺得此進士所為過於武斷，為什麼不參照一下距武侯去世還不甚久遠的北魏史和酈道元[1]之言而睜眼說胡話呢。

此外，才子在四川內江一帶考察鹽業一事也令人嘆服。

四川出的鹽，有別於海鹽、岩鹽，是井鹽。鹽是一國財政之源，所以專賣，向來管理極嚴。樂山大佛花錢費鈔近百年才完工，其實並不表示中原人的信佛至誠，實在是運鹽船到了此地遇激流常顛覆，不得已在削山鑿石之餘，順手雕出了一尊菩薩的無奈之舉。

四川鹽多稅也多。才子一路所見，鹽產地不僅處處設關（為稅），且層層有卡（還是為稅），於是驚呼，這不是山外有山，樓外造樓，稅關之外又增稅關，稅金以外疊收稅金嗎？要是根據產地設有多少煮鹽的鍋爐，大致即可推算出鹽的產量。這樣數鍋徵稅，簡單而見實利。多餘的也可讓當地的商人自由轉賣混口飯吃。不用許可證，商人有利，政府也不用擔心稅收不足。

他更主張鹽的民營化、私營化，給經營者一點甜頭，才會產生積極性，才會做得更歡快。官營、國企只會讓活的變死，死的更僵而已。為利而來，不僅會把百姓往死裡踹，更是滋生無數貪官的溫床，不可取也。

等等，等等。

我讀著讀著便想，不聞窗外事的俞樾居然會為這無名豎子寫序，的確自存一理。「山水則究其脈絡，風俗則言其得失，政治則考其本末，物產則察其盈虛，此雖生長於斯者猶難言之。」

俞樾的這〈序〉實在中肯。不泛泛而言，不睜眼說胡話。讚的是才子，更顯出點的人不腐、不昏。

卻說，看官一定以爲我竟能讀懂明治時代的文字，何等了不起，殊不知如今日本的年輕人連森鷗外[2]的小說都已啃得很辛苦了。其實錯也，這本《棧雲峽雨日記》全書漢文，還穿插了才子自作的一百五十多首五言、七言古詩、律詩和絕句。

一百多年過去後的今天，對難得遊山玩水的我來說，這本《棧雲峽雨日記》便是枕頭邊的常客了。入睡前翻翻，睜開眼讀讀，在感受嚐不到的葡萄酸味的同時，卻感受由一個他鄉異客眼中的蜀國與中原。一層別樣的心境，一種難言的滋味。

讀到會心之處，詩人劉皂的詩不由浮現眼前：

客舍并州已十霜，歸心日夜憶咸陽。
無端更渡桑乾水，卻望并州是故鄉。

敢問何處是咸陽，哪裡爲并州？汗顏，汗顏。

註釋

1 酈道元（466—527），北魏地理學家、散文家。著有《水經注》，是著名的文學與地理學大作。

2 森鷗外（1862—1922），日本明治至大正年間小說家。森鷗外是日本第二次世界大戰以前與夏目漱石齊名的文豪。

並非童話的童話故事

1

從前，日本有三個奶媽。大奶叫森永，二奶叫雪印，小三叫明治，三個奶媽擠出的牛奶夠日本人喝到喉嚨口。日本人生來頑固，唯信國產，瞧不起舶來品。

卻說，大奶森永是大大咧咧舊時代的人，總覺得從自己身上擠出來的一定是奶，所以，睜著眼擠，閉著眼也擠，全不管他奶的三七二十一。

有一天擠出的不是奶而是毒，因食品衛生管理不嚴混入了病菌，無數兒童喝了以後，像捧著西瓜一樣捣住肚子徑直往廁所跑，甚至有命中率特高的兒童從此再也沒回人間歸隊。

於是世間一片譁然，要把森永這頭牛趕出牛群。

趕出牛群簡單，問題是此後早上的飯桌上可不能沒有奶。經過一番商定，大奶的身份降爲二奶，而排行老二的雪印由此扶正，做了大奶。那是六十多年前的往事，可是並未如煙。

扶正的雪印出身北海道，「雪」是潔白的最好「印」證。

北海道是個好去處，沒有濕漉漉的梅雨季節，四季風吹草低見牛羊；北海道的巧克力也不輸人，出差或觀光回來的，一定不會忘記帶上當地名產白色戀人，送情人也送非情之人；而雪印牛奶更是道地的乳製品，鮮美可口，享譽各地。

一開始，雪印升職成大奶後，在讓人喝得放心、安心、開心上下了大功夫，比如旗下的很多牛奶加工廠都在各自的廠區裡挖了養魚池，將生產牛奶後處理過的水用來養鯉魚以示品質的達標程度：鯉魚能在魚池裡而不是在廢水裡游得歡快，不就是合格、品質第一的活標本嗎？

憑著這一池的活魚，就如一張安全行駛的通行證，走到哪暢通到哪，銷售量也由此一路飆升。而且，即使在價格上比以前的森永、後來追上的明治貴很多，大家也喝也稱讚。喝雪印表示自己有著與此相應的身份，就如沒有錢鈔怎麼有勇氣開賓士？杯到口邊必是飲，有飲必提鮮雪印，這廣告用語名正而言順。

哇，牛奶雪印，大奶雪印。

2

白花花的雪印變成金燦燦的元寶，讓老闆的腰板一再撐挺撐硬不再下彎，不再軟綿綿。只要聽到雪印在各個渠道一路風順，像自來水那樣流出嘩嘩聲響，老闆就會幸福地安穩睡大覺，醒來專心規劃怎麼坐穩第一把交椅，無心過問生產現場。所以，雪印當了大奶以後，在一片讚美聲中開始吃老本，創新的積極性逐漸趨零，甚至常常落後於非乳製品的公司，管理上更是混亂得如鬧哄哄的夜市。比如，過期的牛奶是出廠還是作廢，居然沒有明確的管理程序和處理方法，出了問題以後能隱則隱，可以裝糊塗就絕不坦白。

坐正的雪印終於因為裝白裝嫩，其實很黑很醜而出現了品管問題。有一天，以大阪為中心的地區在喝了雪印後竟然有一萬多兒童腹痛、上吐下瀉，顯出食物中毒症狀後被送進醫院。媒體披露了這一眞相。

記者招待會上，被問到變了質的牛奶現在哪裡？

「都出廠了。」老闆回答乾脆，坐在一邊的部下想去捂他的嘴也已經來不及。

「牛奶變質的問題是出在哪裡？」

「我怎麼知道。」老闆搖頭。

分廠廠長趕快代言：「流水線上的器具沒認眞洗乾淨。」

一時老闆顯得比記者還吃驚，和記者一起責問這廠長：「你說的是眞的嗎？」

高枕無憂的老闆就是無憂。

3

很多年後的如今……後來居上的明治從小三扶正後，知道自己的地位不牢靠，所以還算敬業。而二奶的森永因爲有過前科，正一心努力要扳回敗勢。

雪印呢，已經是一個走得並不遙遠的過去。凡是不把顧客當一碼事的，顧客也絕不能把他當二碼用。

牛奶應該永遠是潔白的。因爲雪印不白，理當出紅牌、吃紅燈，讓他紅得赤字，紅得破產拉倒。不過，要讓牛奶保持潔白，就應該始終有紅燈和紅牌的存在，即有明確法律和嚴格執法作後盾。在一個沒有紅燈，四面都是綠燈的十字路口，敢開車往前行駛嗎？

4

早餐時間，喜歡聽故事的孫子又纏著奶奶講並不古老的故事了，奶奶往杯裡倒牛奶一邊開講起來。

從前的從前，日本有三個奶媽。大奶叫森永，二奶叫雪印，小三叫明治。

後來呢？

後來啊，大奶叫雪印，二奶叫森永，小三叫明治。

現在呢？

現在嘛，大奶叫明治，二奶叫森永。

雪印呢？

雪印回鄉下種田去囉。

奶奶，爲什麼？

要想繼續當奶媽，就得先讓坐在飯桌前的我寶貝孫子舉手表決才行，對不對？

潤滑油

1

「酒是人與人之間情感交流的潤滑油」，大家都這麼說。確實，信手翻開唐詩宋詞，其中吟誦酒的詩句猶如草原上生息的綿羊一樣隨處可見卽可爲證。

不過，解讀一下酒與潤滑油背後儲存的故事卻發現，其實世上能感恩「潤」的可說極少，而忽視「滑」的實在普遍。

當然，日本的和歌女詩人俵萬智例外。

說到和歌，一般會與《萬葉集》、《敕撰和歌集》之類既遙遠又硬邦邦的印象串聯在一起，但是，生活在現代的短歌寫手俵萬智，年紀輕輕卽以一本《沙拉紀念日》的詩集風靡一時。出版社最初只勉強答應印刷三千本，因爲短歌在當今沒有人氣。而女詩人的詩風就好像李白與你我結伴，走在淮海路上那樣既古典又現代，令男女老少愛不釋手，詩集居然破天荒地暢銷了二百八十萬本。

所以，稱她吟誦的和歌是舊瓶裝著新酒也不爲過吧。

而女詩人有著絕非舊瓶能裝得下的海量，也是日本文學界出了名的非秘密，雖然如今她已接近花甲之年。據她本人的記憶，三歲時就開始喝酒了，在大家族團聚的宴席上。因爲覺得有趣，她奔到這叔叔那裡來一口，跑去那阿姨酒杯裡嚐一嚐，結果，喝得滿臉一副小關公。一時衆人都以爲她發燒了，正準備叫救護車，卻發覺她滿口酒氣，灌了幾杯水下去後，竟恢復如常、沒事人一般了。這故事一直被母親當笑談，不時提起，使得本人似乎也覺得有過這麼一回事。

有道是三年不鳴一鳴驚人，而三歲就抿，一抿驚四座的這位女詩人不但與酒有緣，並自稱從不知醉字怎麼寫。某年健康檢查前一天，事前醫院沒說要禁酒，僅提醒要少喝。她一邊稱讚醫院的善解人意，一邊也作了少喝的打算。找了一家酒吧坐下後，先來杯啤酒潤潤喉，再喝上半瓶葡萄酒沒過癮，之後還要了三杯用伏特加調製的雞尾酒方才打道回府，據說比平時少喝了一半。檢查結果：全身正常。某大報爲她開了一個談酒的專欄，一週一篇，集成厚厚一本，仿照日本古典和歌集《百人一首》的書名，叫做《百人一酒》。

哈哈，這女詩人的酒才算得上是潤滑油吧，潤了喉，潤了筆，潤得錢包無人比。

女詩人以外的潤滑油？可說潤的畢竟少，滑的呢，滑得如滑鐵盧一般的數多少？

除了您知，便是我知了。

2

話說年輕時，從週一忙到週五還不算，週末也得趕著出門賺外快以濟家用。有一天，從早一直做到晚，正要拍拍屁股回家，卻被幾個也剛上完課的同行拉住：

「老師，一起去喝杯，潤潤嗓子再走吧。」

嗯，我就等著聽到這聲呼喚呢。平時要是無故在外沾酒，回家當然不用跪搓衣板，但下個月的零用錢能否一分不少就很難有保障了。當然被同行拖住應酬可例外，要不，酒是潤滑油的名句怎麼會問世的呢？管家的考慮很長遠。

那是一個何其痛快的時刻，有如武松翻越景陽崗之前，舌躁躁，唇噪噪，大喝三碗直嫌少的美味時光。不過，幾碗下去肚裡便開始發酵，隨之便暈暈沉沉走上景陽崗，不，倒在電車裡了。本來坐車到家，不消一個小時，但是，那天八點喝完，坐上有如上海環城十一路的山手線，沒有起點，沒有終點，繞一圈一個小時，不知不覺繞了三圈，下車再換坐另一條線，應該十五分鐘後就到家……

好像有誰在搖著我，邊搖邊喊著終點站到了。惺忪地張開眼，喔，是乘務員。

「怎麼了？」

「乘客，終點站到了，電車要進車庫了。」

一看時間，午夜十二點半。

站在月台上，環顧四周，是個從來沒到過的車站。沒車了，怎麼辦？出站找個旅館混一夜吧，心想。不過，得先給管家報告，不然會吃不完兜著走的。

一接通電話，便是一陣怒濤撲面：「現在在哪？」

「終點站。」

「終點站？離家要一個半小時，怎麼混到那麼偏僻的地方？」

「睡過頭了。接下來去找住宿。」

「什麼?馬上給我回家。」

「遵命。可以坐計程車嗎?」

「嗯。走回家也行。」

走回家?管家的行,我可不行。

招手上了車,暈暈乎乎地舒服。不過,一天的辛苦錢全賠上了,還沒湊夠。

第二天,胃不是胃,沉沉的。

此後發誓戒酒,未見效,發誓多了居然產生了良好的副作用:長年的菸戒掉了。

這就好比查出胃癌動手術,胃被切除了,而癌還在活躍似的。

那以後?嘻嘻,櫻桃幾度紅,芭蕉還是綠。

咖啡・咖啡・咖啡

1

巴爾札克的小說除了幾個書名還記得以外，差不多都還回他的書裡去了。不過，他與咖啡的故事一直沒忘。據說他生前喝了五萬杯咖啡，「我不在家，就在咖啡館；不在咖啡館，就在去咖啡館的路上。」是對巴爾札克所剩的唯一印象。

很難爲情的是，當初我讀到這則趣聞時，還不知咖啡是什麼味道。

第一次喝那東西，是在友人的一個小沙龍裡。

那是一間類似書房的小屋，小小的，四個人還能擠擠地坐下，若再多加一個就只能集體立正不能稍息的小閣樓。主人那天好情緒，說要招待大家喝咖啡，於是，衆人再也沒興致閒聊了，眼睛靜靜地一齊追蹤主人的身影，他走一步，屋裡的視線便也跟著移動一步。

見他費力搬開書架，將身體擠進那後面，原來後面還藏著一個小秘密。聽見掏出鑰匙打開小門，又在裡面鼓搗了一陣，很留神地取出一個大瓶，然後放在四人圍著的桌子上。瓶蓋棕色，瓶身很長，瓶上的商標是Nescafé。當頭的N字母特別誇張，將豎著的一劃，從頭一直拖到後尾部。見慣了盡畫著榔頭鐮刀的那年代，如此精簡別緻卻醒目的設計，唯有新鮮二字可言。

主人小心打開瓶蓋，將湯匙慢慢伸進去，顫顫地舀出一匙棕色顆粒，然後謹慎地倒進茶碗裡。依次倒了四碗後，又迅速將瓶蓋緊緊擰上，放回書架後面的小洞裡。一陣鑰匙聲之後，又熟練地將鑰匙圈栓在腰間的皮帶上。

這一陣鑰匙圈的聲音，讓我與黃永玉的文字疊在了一起。《比我老的老頭》裡，李可染引薦他去拜見齊白石，老畫家身上掛著一大串不離身的鑰匙是最初的印象。見有稀客來，老畫家便親自打開緊鎖著的櫃門，取出一盤月餅和一碟帶殼的花生。拜訪之前李可染就已叮囑過：這兩樣點心可看，千萬吃不得。果然，切開的月餅裡有細小的東西在蠕動，剝開的花生上也隱約有蜘蛛網晃動。

我從齊白石的故事轉回眼前時，見主人正招呼：請請請、喝喝喝。一瞬，是否也會喝出……？不敢往下想。

而在座的誰也沒在乎，有的忙著放糖放奶精，有的什麼也不加就呼呼吹著熱氣飲用起來。我以外都是常客，但款待咖啡似乎並非每次都有，所以，那兩個一邊品嚐，一邊對我說了幾句託你的福之類的客套。

在一旁的主人聽了有些不太受用，說：每次都招待你們，我不就窮光光了嗎？要知道這一瓶，是我這個學徒半月的工資呢。說完，還特意朝我這邊瞥了一眼。主人的這番道白令我不是吃驚，而是震顫。不就那麼一瓶二百來克的棕色顆粒嗎？居然有半個月工資的價值？因爲那天是我第一次開葷喝棕色液體，起初以爲不過與一杯龍井、一杯茉莉花茶差不了多少，聽主人一說，開始好奇地想感受一番這即溶咖啡的味道。

苦澀、澀苦、除了苦，還是苦。當然，日常喝的茶葉也苦，但有苦中甘來的後味。而眼前的棕色顆粒則毫無這一層情趣，要是不加糖，不加奶精，簡直難以下嚥。

從此，半月工資的咖啡便銘記在心，始終未忘。

2

再次喝咖啡是出國離家的前一夜，與妻子兩人。彼此互相叮囑、想說的都已經差不多了，剩下的就是盼著怎麼縮短到上飛機前那段時間的距離了，於是提議出去走走。深秋的夜晚，梧桐落葉繽紛的馬路上人影稀少。走了一段之後，見遠處有霓虹燈閃爍，鄧麗君的綿綿歌喉在夜空中卻顯得震耳。

走近。是一家地下咖啡廳，門口大大地寫著：進口正宗雀巢咖啡，十五元等字樣。店裡暗沉沉的，是太晚了吧，不見有客人進出的影子。

坐下，要了兩份雀巢。招待的姑娘端上來，用的不是咖啡杯，是玻璃杯的緣故吧，杯上有明顯的指紋印，還有部分淡淡、沒擦盡的口紅。不管了，只爲了找個地方坐下繼續消磨時間而已。

依然無語。無語中也就無聊地端起了咖啡，啜了一口。除了帶甜，不知是什麼味，但絕不是加了奶精的雀巢味。便向邊上的求證，妻子略微嚐了嚐，「板藍根」，回答得很自信。到底是女性，細膩、敏銳。

3

如今不再卽溶，也不再板藍根。在他鄉的商店街、超市，在堆得如山的 Nescafé 面前，有時也會看著價錢心算。哎唷，白菜價，打一小時臨工就能買上三四瓶啦，但是少有想伸手買一瓶帶回家的念頭。

早餐吃麵包的日子，妻子總會爲各自磨上兩杯咖啡當飲品，那香味會喚起莫名的興奮。但是，若問愛不愛喝卻是一個難題。對我來說，咖啡畢竟是咖啡，是飲料不是嗎啡。有了也喝，沒有也不念叨。特別是那半月工資的咖啡和板藍根的身影常常會在喝咖啡的時候揮之不去。

記得物理學家，同時也是散文家的寺田寅彥很多很多年前有過一篇寫喝咖啡的名文。其中有一句：咖啡猶如幻想曲，需要相應的伴奏或前奏。

是啊，前奏總在迴響，雖然不過一杯飲料而已。

四季皆富士

1

晴朗、凜冽的淸晨。

近鄰的庭院裡已是片片黃、層層紅、點點紫，還夾著微微綠。出門沒走幾步，鮮亮鮮亮、雪白雪白的富士山就站立在眼前，像剛剛由頑童堆積起來的一尊超級大雪人。

這附近很鄉下、無名。因爲是眺望富士山的好去處，很多地名都帶上富士二字，富士見台、富士見坡、富士見町、甚至還有富士見市呢。在這大樓高聳與高聳大樓競爭格外激烈的時代，富士山也無奈地被淹沒在城市的深谷大峽之間，首當其衝地成了受害者，由此，曾以富士掛名的這一帶也只能掛著羊頭兼賣狗肉了。

雖說如此，其實，富士山並不寂寞，也很會打扮。

在空氣清潔度漸漸高起來的初冬，富士山的露臉機會比春、比夏，比秋多了以後，便發現她天天都在翻著不一樣的行頭。

似乎就在前幾天吧，富士山還像個剛從廚房出來，光著黑黑身子的胖廚師，羞羞答答一臉的難爲情，僅僅在頭上戴一頂白帽子而已。又過了幾天，穿上了一件薄薄的、稀稀鬆鬆、洞眼很大的白色毛線衣。就在沒幾天前，居然全身一下子裹上了厚厚的雪絨衫，從上到下一身白，連上眉毛。

生得偉大，長得精神，白得更灑脫。若把她由夏而冬的變化比作是一位從滿頭烏髮漸漸歸類於白髮蒼蒼的老人實在失禮，也有些冤枉，畢竟她還年輕呢。

春是富士，夏亦富士，秋色富士，冬妝富士，橫看有橫看的颯爽，側望有側望的風情，春夏秋冬總在擺著不一樣的姿勢。

雖然時時都覺得富士在身邊，其實就遠近來衡量，有一百多公里呢，猶如上海到蘇州那一段。很遠而不貼近，情人不足，友人有餘的距離。

享受富士。

2

雨打風吹，寒來暑往，用肌膚感受雨露，用體溫問寒測暖是人與自然相處的原始形式，由千古傳至如今，也是人與自然之間共存的態勢。

人與自然共存？談何容易。

建築家安藤忠雄牢騷道：人心嚮往的是多功能、特舒適、更方便的住宅，於是，大搖大擺地與自然漸離漸遠了，最近讀到他來自建築角度的如此感慨。

這位一貫讓自然融進人間，讓人間滿溢赤橙黃綠青藍紫的建築設計家，雖任教於國內、海外的一流大學，卻是自學成才的楷模。年輕時，曾在美國、歐洲、非洲和亞洲放縱了若許年。有一天流浪到恆河邊上時，看到了一派終身難忘而渾然一體的風景：牛在水中游泳、人在水裡沐浴、屍體在水上漂浮……

從此，這前世、現世、來世的混沌，以及人與自然、人與大地的共存意識便左右著他對建築設計的追求。

建築家的設計當然是建築，當然也是設計，卻滲透出情調，滲透出文化的多層展望。印有安藤忠雄標誌的建築可說是自然與人爲之間的游離：接近於自然，也接近於人爲，是和式庭園的延伸；注重線條搭配的同時，又將大自然安排進室內作客的特徵，似乎也不離中原徽派建築的倩影。

比如，他設計稱作「住吉的長屋」的平頂屋，就充分利用著自然光線，結構簡練而凸顯線條。不過，因爲造價低，費用少，不裝空調的緣故，與居住人便有了如下的對立：

問：「天冷了怎麼辦？」
答：「加一件外套吧。」
又問：「再冷怎麼辦？」
又答：「忍耐忍耐吧。」

除此之外，住在這平頂屋裡，下雨天從臥室去如廁是要撐著傘才能出行的。

撐著油紙傘，獨自
彷徨在悠長，悠長
又寂寥的雨巷

那是戴望舒的〈雨巷〉，與安藤忠雄的「住吉的長屋」並無一公分的牽連。不過，如此的構造不是徽派建築的變形翻版嗎？當然與馬頭牆無緣，鍾情的是那獨特的天井，是室內與室外連接的通道——有光線，也通風，更通氣。居住在屋裡的人，足不出戶而「春江水暖鴨先知」地感受四季。

這一安藤牌建築當年曾名噪於關西一帶，那年頭的人們還懂得忍耐。

而世界在動，情緒在浮的如今，主旋律早已變調了。被視作時尚的是享受舒適，講究富麗，拒絕與自然的交流。試問，還有幾人能讓絲絲的微風吹動窗邊的竹簾，還有幾處留出一片空白令雪花飄入室內？「采菊東籬下，悠然見南山」的空間正在受擠受壓。

此後的世界，城市裡除了人人人，便是燈燈燈，繁星不再，花草難覓。不再用皮膚感受，無須用體溫測量，長此以往，感覺觸覺嗅覺味覺是否會衰退、遲鈍、單調、粗糙起來？不覺心憂。

甚至有朝一日，子孫們唯有坐在不知寒霜、自動調節室溫的房間裡朗朗誦讀「獨釣寒江雪」；在水泥牆、水泥地、水泥路上感受「霜葉紅於二月花」。讀，當然還能讀，寫也不離標準，但是，感受的酸甜苦辣鹹裡是否滲出一種山寨味來？

「春有百花秋有月，夏有涼風冬有雪」，但願這大自然的恩惠不會因人類的鼠目寸光而走遠消失。

你好！雅志

1

日本曾有過兩個以歌出名，又以債賣命的背債歌王。

一個叫千昌夫，一個是佐田雅志。

說到千昌夫，各位可能不太清楚。可是，您一定也會哼「亭亭白樺，悠悠碧空」的那首《北國之春》，就是由他唱出來的；之外，《星夜的離別》被費玉清唱紅了，其實他才是元祖。

如今一提到日本都會與「泡沫經濟」連在一起說事。對，爲的是泡沫實在太大，要不怎麼會讓屁眼大的日本苦掙累熬了多少年還在水深火熱之中呢。但是，什麼叫泡沫經濟？用當年的股票公司、證券公司或者大企業的白領爲例卽可理淸，就是想吃一碗羊肉麵，便搭上飛機從東京飛到北海道去嚐。哎唷，這可是從上海到北京的距離啊，爲了一碗不鹹不淡的麵得掏多少車馬費。

而當年千昌夫就是這樣一副派頭。

農家出身的他唱出名以後，用賺來的四千萬日元在仙台買到了十五萬平方公尺的土地，碰巧新幹線要在此通過，於是剛買下的土地一下爆漲十倍。運氣就是這麼回事，來的時候推也推不開。

從此，他把麥克風扔在了舞台上，赤著腳就下海了。不多久，那檀香山的賓館差不多都塗上了他的大名，名正言順地當上了「站著唱歌不腰疼的房地產主」和「賓館大王」。

千昌夫，唱富了，不，賺夠了。車，非勞斯萊斯不坐；衣，得訂做肯特．柯文；住，嫌日本不夠風情，一定要在夏威夷住進帶小橋還得淌流水的大花園；婆，是洋婆，卽使此後離了婚再結，結了婚又離，但是條件不變，對象依然是金髮藍眼。

清清楚楚地記得，有一天坐在教室裡聽課很無聊，就借了鄰座要扔掉的專登明星小道消息的體育報翻看。見頭條整個版面僅甜大餅大的五個字：「千昌夫破產」。

人人歡喜個個愛的千昌夫，一夜間就成了人人嘆息齊聲恨的「千夫指」了。僅爲他借的債，光利息一天就是五千萬日元，好樣的，夠白領做半輩子。而且，他的債本來應該是三千億，但是，借錢的銀行也泡沫破了，一時收爲國有，千昌夫的債務也榮幸戲法一變，減成了一千億，一年只要還清兩千多萬就無事一身輕，可以裝糊塗了。而冤大頭是誰？百姓！百姓的稅金在爲他擦屁股呢。

2

與這「千夫指」有著同等命運，走的路卻完全不同的是佐田雅志。

那年頭全國人民能坐在家裡的椅子上把頭伸長看電視、關注國家大事時，他已風光地出現在大好河山的黑白螢幕上了：瘦得賽過胡蘿蔔，卻戴著一副大眼鏡，一個人抱著吉他站在北京展覽館的舞台上又彈又唱，唱得台下的聽衆目瞪外加口呆。他大出風頭的那年，我正好大二。

佐田雅志是第一個在中原開個人演唱會的日本歌手。在北京唱完後，次年又去上海演出，然後，遊長江，拍電影，瀟灑風流走一回。

雅志很有中原情節。因爲祖父母的青春時代就是在中原度過的，父親也會說一口流利的漢語。所以，多少年後，作爲兒孫輩的雅志懷著對中原的憧憬來到了這塊似乎很近，但其實很遠的陌生土地上，準備拍一部名爲《長江》的紀錄片。集自編、自導、自演、自唱於一身，沿著長江一路追溯歷史和風情，尋找著自己本來的「根」。殺青後，紀錄片走進了東寶電影公司所屬的一百多家影院露面，可以說是暢銷了一時，風光了一代。據說兩年後在中原熱播的大型電視系列片《話說長江》就取自該片，當年也曾風靡了中原大地。

雅志版的《長江》誕生後，催生了日本的中原熱。此後相繼出現了《絲綢之路》、《萬里長城》等多部熱門的紀錄片，賣座率也極高。

但是，瀟灑了一回的雅志，其實並沒有賺錢。非但沒有賺錢，還欠了一屁股的債。多少？三十五億日元。

雅志的祖父以前是九州長崎的大地主，父親是經營木材的商人。但是，世態多變，家道驟然中落，生在有假山、有小橋流水豪宅裡的雅志由此也失去了應有的英才教育，獨自走上了以賣唱爲生之路。

此後雖也多災多難，但是雅志就是雅志，而非千昌夫。背著三十五個億開始了天天彈著吉他，流浪四方的生活。據統計，他一年要開一百場個人音樂演唱會，一直到幾年前，先後三十年，共開了四千場才還完了債務。有這樣紀錄的歌唱家在日本除了雅志，還沒第二人出現。

好樣的，雅志！

將青春獻給了長江，用青春還清了債務。他開玩笑說，他的人生被這一屁股的債救了。沒有債，現在就不會彈出如此出色的吉他，唱不了自己喜愛的歌啦。

總之，他有一個信念：背的債就得還。

就是這樣一個多忙之身，還表現出前人未有的多才多藝。不僅作了很多流傳不息的名歌名曲，還偷閒寫小說及散文。這非同尋常的人生令我想起海子[1]的詩句：

路是一支瘦瘦的牧笛
把牧歌吹成漁歌
潮來潮去，我積攢葉葉白帆

這詩爲鮮活人生的雅志作註解正合適吧。

註釋

1 海子（1964–1989），原名查海生，中國當代詩人。

羅生門裡說遺老

1

一百年前，走出亞洲，劍指西洋的龍頭正旺時，芥川龍之介作爲大阪《每日新聞》的特派員造訪了一九二一年的中原，留有一本《上海遊記．江南遊記》。

一九二一年，可不是一九一二年，黃曆上的前者應該是西裝革履者流的民國，而後者則屬辮子、馬褂、瓜皮帽者流的晚清。不過，與季節變化在同一條地平線上相仿，說是已經立冬了，其實冬字還不見一撇的風景滿目皆是。

虛像美好，眞相太酷。曾在唐詩宋詞裡浸染過度的芥川在北京、上海等地採訪了四個月，著述的這一本遊記，記錄了他從優雅的古詩堆裡回到髒亂差的現實中來的心路歷程。在這虛像與現實交錯之旅中，他見過了有如出沒在水墨畫裡的人物辜鴻銘、章太炎、鄭孝胥、胡適等人。

芥川內心要畫一幅晚清的風景畫，所以與塗過黃油的胡適雖見過兩次，《遊記》裡並未詳述，倒是《胡適日記》裡有記載，說芥川邀請他吃飯，還想翻譯他的新詩。然而，芥川卻詳盡地記載了還拖著辮子的辜鴻銘（一八五七—一九二八）。時年，芥川二十九歲，辮子六十四歲。來之前曾受人之告：紫禁城可不看，辜鴻銘不可不見。

辜鴻銘是個過氣人物，但是他的傳奇從沒過氣。他把信奉的一夫一妻多妾制，比作是一把茶壺配幾隻茶杯。害得陸小曼與徐志摩結婚時，哆嗦著嘴唇說：「你不能拿辜先生茶壺的譬喻來作藉口。你要知道，你不是我的茶壺，乃是我的牙刷，茶壺可以公開用，牙刷是不能公開用的！」

辜鴻銘的辮子很長，從晚清一直拖到民國還沒著地，於是拖進了北京大學的課堂。他上講壇，總會引來底下的一片哄笑。而辮子淡定：「我頭上的辮子是有形的，你們心中的辮子卻是無形的。」笑辮子的反被辮子笑了。

兩則過氣的小故事。一則風趣而無味；一則有點做作，卻是事實。

辮子眼神炯炯有光，身著白色馬褂，要是鼻子再短一點的話，有如一隻蝙蝠，芥川如此描述。

精通英語、德語、法語……等九國語，一個不亞於孔子的東西南北人，對芥川，不無得意於自身的「一生四洋」：「生在南洋（福建），學在西洋（蘇格蘭），婚在東洋（日本太太），仕在北洋（北京）。」爲了佐證，還喚出與日本太太生的已經八、九歲模樣的小女兒，讓她當場背誦大概是太太生前教的日語《三字經》，當場催下了芥川的感傷之淚。

對基督教、共和政體、機械並不盲目崇信，守著自己最後一片菜地的辮子，用英語與人對話，筆錄在紙上的卻是漢字。對穿著中原服裝的芥川很是欽佩，同時又補充了一句「只遺憾沒有辮子。」

看官，辮子的辮子有形，還是無形？

2

與還拖著辮子的辜鴻銘相反，章太炎（一八六九—一九三六）一心要光復反滿，天下除了一個「漢」字再無他人立足之地，即使亡命異國，對異國文化也視若未見。

太炎的老師是大學問家俞樾，因爲他的排滿思潮，老師不再認其爲學生，而學生卻完全繼承了老師的衣缽，還傳承給了後來的一大批學者巨匠，比如陳寅恪、周樹人、周作人、錢玄同、黃侃等。但是，大師實在按不下心做學問。

芥川造訪大師時，正是隆冬。灰色大褂，帶夾裡的厚毛皮黑色馬褂，暖暖地將腿腳伸出在外，芥川這樣寫道，聽著他的高談闊論，不時眺望著緊貼在牆上的鱷魚標本而羨慕，羨慕它能聞到睡蓮的清香、太陽光和暖暖的河水。此時的芥川卻凍得思考停頓，書齋裡的紅木靠椅連坐墊也沒鋪上一個。

長相？黃蠟蠟的皮膚，鬍子稀疏，額頭衝得會誤以爲是瘤。眼睛如一條細縫，從無邊眼鏡後面射出一絲冷冷的微笑。大師曾被袁世凱抓捕，又能活下來，靠的就是這副銳利的眼睛吧，芥川感嘆。

他告知芥川識時務者爲俊傑，去世時，只願以五色旗覆蓋棺木，不承認青天白日滿地紅旗。時年大師五十四歲。與辜鴻銘不同，沒拖辮子，一生卻始終留著一條長長的種族主義眞辮子。

3

鄭孝胥（一八六〇—一九三八）一生僅馬褂，絕不穿西裝。但是理財有方，並不輸於隨園老人袁枚。

芥川特別欣賞他的字，也讀了他不少詩文。對《海藏樓詩集》裡常常出現的「清貧」一詞，印象猶深。當他在上海造訪馬褂的住居「海藏樓」時，不覺顛倒了他的想像。

一個陰天的上午，他來到這處清貧之家，卻是想像之上的豪華。灰色的三層樓房，進門便是緊連著的庭院，一排竹林前，盛開著的是白色楊花。要是我也有這樣的清貧，怎麼處身都不在乎啦，芥川嘟嘟囔囔。

人言不可盡信，《孟子》裡不也有「盡信書不如無書」嗎？芥川。你光知美式幽默，怎麼不懂中原詼諧？

那時的馬褂並非民國的政治家，應算晚清的遺老。

高個兒，血色不似老人，眼神近似青年，很具才子風度。如今賦閒還如此，更難想像康有爲戊戌政變時，他那才氣煥發的神情了，芥川又嘆。

沒拖辮子卻忠於皇上，選擇了一條與年輕時反方向的路徑。馬褂對現實很失望，說只要還是共和，永久會混亂。

4

揭示生存中的人性之變，爲了生存，人性也會隨之變惡的是芥川小說《羅生門》的主題，黑澤明根據芥川的幾個短篇改編成一部不朽的同名電影，脫胎出另一個主題：同樣是眼前發生的事，因爲角度或接收器的不同，會得出不同，甚至相反的結論。

歷史人物不也是這樣嗎？

搖錢樹

世上沒有搖錢樹。

這大道理不是來自故紙堆，故紙堆裡常能找到的是「黃金屋」或者「顏如玉」之類。是老母有訓。「家有訓，訓兒成，成之於家」，千古萬代都不變。

想當年已經從穿開襠褲長大成穿牛仔褲的年齡了，還是貪玩、貪吃，卻從來就沒有想到要貪做家務、貪去買東西、貪爲雙親勇挑重擔。所以，便常常受到老母的怒罵、訓斥：告訴你，自己的事自己動手，家裡的事人人動手。衣來伸手飯來張口，哪來的這麼容易？世上可沒有搖錢樹！

最後的這一結論常讓我木鐸鐸。什麼是搖錢樹？是搖一搖便有錢往下掉的樹嗎？那是多好的事啊。

此後，漸漸地長大，也就漸知世態炎涼，因爲有一臉皺紋的老母的話在先，才深覺那訓斥果然在理，毫釐未差。開始學會自立，多多依靠自己、儘量少麻煩別人。

也就在不知覺之中，把期待搖錢樹的這夢那夢一下丟到爪哇國去了。

話說不久前，去了在上野的國立博物館，湊熱鬧地參觀了某展覽會。正是旅遊旺季，所以，博物館也如車模一般吸引著衆人，凡是館都開放，凡是可展覽的都一露無遺。我在看完陳列在平成館的一顧卻不太屑的展品之後，還有時間剩餘，便又在不用另外買票的東洋館裡蹓躂了一番。

不意。其實，世事往往都是在不意之中現身的。

不意，卻發現那裡長著一棵「搖錢樹」。靜靜地、無聲地，一點兒也不引人注目地矗立在那差不多要夠到天花板的玻璃框架裡。

是夢？是現實？一瞬間不知身處何地，今爲何時。

徘徊在那玻璃展覽框架四周，去了又來，來了再去。遠處望，近處瞧，貼著玻璃看，瞇起眼緊盯。

果然是那曾經夢裡縈繞的搖錢樹。

這棵搖錢樹，高在一公尺過一點，底部是由三十公分高低的綠釉陶器製成。陶器上是一位騎在羊身上的仙人模樣，而種植在底座上的就是那靑銅器的搖錢樹啦。

形狀有如一棵挺拔的松柏，不過帶點抽象。或許取肥水不流外人田之意吧，常「金」不枯，「金」葉難凋。

樹幹約在七、八十公分，樹的頂端佇立著一羽口含玉珠、正振翅欲飛的鳳凰。松柏樹的葉子分成四個層次，各層次有四片樹枝向外伸展。

那葉的長度應有三十公分左右吧。葉上鏤空雕刻著的不僅有模仿漢代五銖錢而製成的銅錢，估計有四百枚，除此之外，還呈現龍、鳳、仙人的花紋。整個狀態由那隱身在崑崙山上，一直忙著煉不老不死神丹妙藥的王母娘娘坐鎮、操作。

此搖錢樹製成的年代據推測是後漢時代（公元一、二世紀），居然已如此精巧。

不管東方西洋，元寶永遠是和真理並排齊坐的，此搖錢樹也是。它出土於四川，更確切地說，是三星堆一帶墓地裡的陪葬品。在陵墓裡置放搖錢樹的風俗，沿襲了當地土著文化的神樹之說。也就是說，陵墓裡長眠著的那人，不僅在活著時享盡榮華富貴，入土後也企望能萬貫錢財升仙不死。

古人的夢也現實、也飄渺，著實可愛、可歎。

閒話少絮。站在這搖錢樹前，我有如哥倫布發現了新大陸一樣的激動，便馬上掏出手機撥通上海。直想給老母傳遞一句，世上其實有搖錢樹喔。買棵回家敬您老要不要？開個小玩笑，以報幼時被訓斥、把搖錢樹記憶到而今的一句之恩。

鈴聲響了長久長久，卻沒人接。老母大概在午睡呢，心想。或許正休憩在搖錢樹蔭下，不便打擾。正要掛斷，老母的細絲般的聲音彷彿從遙遠的彼岸崑崙山那邊傳來。

「什麼事啊？」看不見的臉，但知道是一臉的不高興。

「搖錢樹要伐？」

「啥？要錢說？嗯，要錢的時候會說的，不會把你漏掉的，放心。」

一陣嘩啦嘩啦。

喔，正坐在四方城裡，大概今天的手氣一定不太好呢。難怪，此時就怕別人來打擾啦。馬屁拍的不是時候，弄得不好，不是「搖錢樹」，是「要錢輸」的時候。

趕快把電話掛掉。

那邊烏鴉半般黑

北海道北部的海面上浮著一個小島，叫「天賣島」，一個奇奇怪怪的島名。是想把小島賣給老天嗎？不，這是原住民阿伊努人的語言，原意是「蝦背上的那根黑筋」。吃慣了炒蝦仁的各位一定不用費力就會聯想到小島形狀吧。天賣島很無名，興許一生都沒聽說過的人也不在一兩位。

就如上海附近的東海上有個大洋山，以前也沒見人提起過，託了東海大橋開通的福才開始出名。這天賣島與大洋山在面積上相差無幾，或者說，大洋山最多比天賣島多幾塊礁石而已。從上海到大洋山，有彎彎曲曲二十五公里長的東海大橋做後盾，而天賣島的靠山是搖晃不定的擺渡船，只有登上擺渡船才能到最近的小鎮。小島上沒有醫生，有病人時，就得從札幌派直升飛機來載。

即便如此，天賣島之名近來似旭日一般直往上昇。爲什麼？

一直都說日本資源缺乏，其實並不然，至少古代不是，馬可・波羅可作證。雖然當年他逛過大半個中原，而從未到過日本，卻在那本遊記裡吹噓，「日本人家連房樑都是用幾寸厚的黃金砌成的」，害得忽必烈心癢無法抓撓，於是兩次領兵雄赳赳、氣昂昂地跨過了大海洋。結果呢？就如旱鴨子的曹操與聯起手來的孫權、諸葛亮鬥氣那樣，輸得連換洗的開襠褲也沒得穿。

不過，當年的日本確實貴金屬不少，出口運往中原的銅礦石因含銀量高而深受歡迎，靠從這中間抽出銀來做買賣賺錢的商人又何止一打兩打？最吃香的時代曾經把雲南東川銅礦遠遠甩在了一邊。到了近代，銀、銅等差不多都挖光了，該拿什麼與近鄰手拉手交朋友呢？於是，就養魚，從名貴的鮑魚到魚刺多多的鯡魚都養。養魚塘呢，北海道就是天然的。

正因爲被看做是天然的，不花錢便也覺得不值錢了。長而久之，大自然的植被慘遭破壞。生態失鏈造成島上食物漸少，人口也陡減，不久連動物鳥類也不得不揮淚告別了。

眞可謂物以稀爲貴，人以多成災，一點不假。

直到近代，當地人才像睡醒似的開始與動物、植物拉關係，重新植樹造林。經過幾十年的努力，大自然總算又悄然回歸。

這樣一個人類不太願意光顧的地方，正好讓動物、鳥獸趁機了。島上除有貓、有鼠、有蛇之類家常禽獸之外，更是稀有海鳥的一大繁殖地，據說有八、九個種類，近百萬隻海鳥在此棲息繁殖呢。其中數一種行走時模樣與企鵝不相上下的「崖海鴉」最爲名貴稀少。

常識上，鴉等於黑。不是有「天下烏鴉一般黑」之說嗎？不過，崖海鴉也鴉，卻不與烏鴉一般見識，不全烏黑僅黑一半，就是說背部黑，腹部竟呈白色，所以，整體上顯半黑半白之態。這稀有的海鳥主要活躍的場所在加拿大西海岸，天賣島上僅聚集著三十隻左右，可謂瀕臨絕跡。

也因爲這些海鳥，遂使小島精神起來，一下子豎子成名。

崖海鴉以小島爲樂園，在此地繁殖生長，讓小島很榮譽的同時，也讓島民擔驚受怕。因爲不知該用哪套規格來伺候這國寶級般的牠們，而且近年來好不容易才多生出了幾隻雛鳥，卻常成爲島上三百多隻饞貓的免費盤中餐。束手無策之餘，島民們能找到的、也是唯一的相應對策就是：大量驅除饞貓。

方針確定了，說幹就幹。花錢費力多少有用，一時饞貓幾乎從舞台正面消失，成爲很難有安身之地的地下黨了。眼看著貓們一天天爛下去，讓崖海鴉的雛鳥剛喘了小小一口氣，不料饞貓的天敵，鼠們一天天好起來了。

到處亂竄的鼠輩不僅前赴後繼地擔當起了貓們襲擊雛鳥的重任，還兼職咬壞農作物、啃斷電纜等。村落漁港所到之處，都成了後來居上的鼠輩們活生生的作案現場。

一天，一漁翁正準備解纜出海，剛打開的投影機突然就冒出煙來了。還用說，那是鼠輩幹的好事，讓投影機短路了。漁翁一輩子得利，說到損失這還是第一次，幸好還沒出海呢，要不然，多少年之後又會拍出無數部類似《鐵達尼號》式的有悲無喜的電影來了。

慘狀讓島民們開始反思。

一直以來都是，貓多的時候抓貓，鼠竄的時候逮鼠。原來島上三百隻野貓現在被抓得只剩下數十隻了。而如今，鼠輩的出沒讓島民疲於奔命的同時，也漸漸意識到僅僅祭起人類用了幾千年的那把「頭疼醫頭，腳痛治腳」的殺手鐧已經無濟於事了。

對，是應了祖先說過的那句老話「無風不起浪」的連鎖反應。風與浪並非各自爲陣的獨生子，而是不可分離的第二胎，不，雙胞胎。有風應知會起浪，在興風作浪之前，還須先練就一副捕風捉影的本事才行。

總之，平衡與共存，才是此後人與動物植物友好相處互不侵犯的鑰匙。生物鏈，其實就是人類、動物和植物相輔相成的默契。

紙幣上的貝多芬

1

十多年前，日本發行過一套新紙幣。

其中，一千日元上登場的肖像，由之前的夏目漱石換成了貝多芬，不，像貝多芬的人物。那頭衝冠的怒髮似乎不在貝多芬之下，應該還要在貝多芬之上一點。我好奇，便問周圍。傳來的竟是一片驚訝：「你連野口英世（一八七六—一九二八）都不知道嗎？」問號的背後附帶出裊裊一長串驚嘆號。

從小就一讀再讀、三讀四讀少年必讀叢書《名人傳》的他們，無人不相信野口英世是與釋迦牟尼、耶穌坐在同一條破板凳上的救世主。

於是，有人耐心地，一件一件如數家珍似地告訴我：

他是一個眞正的草根醫學家。每天半文盲的母親面朝黃土背朝天種田之外，還兼職當接生婆，一生竟把兩千多個小天使平安地領到人間來了。

而這位怒髮貝多芬來到人世後卻不太平安。

一歲時因不慎，掉進圍爐裡燙傷了左手。所幸一位從海外學成歸來的鄉村醫生給他做了切離手術後，黏糊在一起的手指才解放出來。從此開始對醫術入魔般地崇拜起來，發誓一定要走又紅又專[1]的道路。在眾多好心人的援助下，取得了醫師資格，只因資金短缺而難以獨自開業。

卻說出過二十六個諾貝爾獎得主的洛克斐勒大學，前身為醫學研究所（還在北京創立了協和醫學院），其創所所長西蒙．弗萊克斯納是一位痢疾專家，曾來過日本考察。逗留期間，不知哪根筋不對，演講會之後，對站在演講最前面用心傾聽的怒髮貝多芬鼓勵有加，鼓勵之餘還順口道：以後來美國做研究吧。

說者無心，聽者有意。怒髮貝多芬不僅感動，而且付諸行動。一直只能靠在大學的實驗室當助手混日子、幫忙整理外文圖書論文、當翻譯糊口的他，說不上窮愁潦倒，但始終沒摸到出人頭地的門檻。

而從日本拍拍屁股回到美國的那位痢疾專家，有一天看見怒髮貝多芬竟站在他的研究所門口時，差點昏厥過去。不過，所長不僅沒昏厥，還拍板讓他進了研究所，當了助手。

一個西洋人，一個東方客。越過大海、穿過大洋地握上了手，誕生了兩則海外版的美談：一則毛遂自薦，一則伯樂相馬。

此後，穿上白大褂穿梭在研究所的毛遂，抱著感恩之情，一心要奔馳給伯樂看；反過來，伯樂相了馬之後，就得對馬的吃、拉、奔跑多庇護一點。

不管白馬黑馬，能馳騁便是駿馬。

果然，一連串的科學成果不久就冒出來了。先是找到了治療梅毒的菌苗，讓貝多芬一夜間轟動醫學界；緊接著，發現小兒痲痺症病原體；根治狂犬病；涉足黃熱病……成績一次比一次優秀，研究一個接著一個成功。

由世界級獎狀無數的學府做後盾，也有創始人做擋箭牌，直達快車般地一路綠燈暢通無阻的貝多芬，一生發表了兩百多篇論文，多數都在大學的《實驗醫學雜誌》上刊登，不需要通過大學以外的專家審閱。

鑑於這些碩果，居然有三次上了諾貝爾生理學獎的提名單。

想當年這位不知從哪裡鑽出來的無名小卒，來美時並非醫學博士，僅憑手上有一張能行醫的執照在大洋彼岸嶄露出頭角，活出了滋味。此後，他在南美治療黃熱病也得心應手，可惜去了非洲時，同一的器材、同樣的方法，不僅一敗塗地、一籌莫展，在治療中，自己也不幸染上，甚至致了命。臨終時，怒髮貝多芬無奈地留下了一句「連我自己都沒弄懂是怎麼回事」，然後撒手人寰，年僅五十一歲。

如今能解釋清楚他離世原因的是，那時代的顯微鏡還沒能細微地顯示出被稱作「在生物與非生物之間」生存著的病毒身影，或者說，病毒也許隱隱地在顯微鏡下觀察到了，但是還沒引起足夠注意。

按下不表。

2

野口英世，一則二十世紀精彩得可載入《名人傳》的故事。

二十一世紀的如今，故事依然在產生故事。日本所到之處，有他的銅像、紀念館等不算，還印在了紙幣上，每天都能與他那一頭怒髮照面。

洛克斐勒大學也有一尊他的半身銅像。不同的是，若想打聽這尊銅像是誰，一百個人中有一百個人會回答你不知道；還據說，圖書館裡保存著的論文因沒人翻動都生黴了。讓英雄的身後顯得無限尷尬，一派寂寞。

哎，英雄不再有用武之地。

二〇〇四年，正當人們爲新紙幣陶醉時，洛克斐勒大學學報的二十六月號也寄來一張姍姍來遲卻不失俏皮的成績單，評語如下：

怒髮貝多芬，洛克斐勒草創期在此度過了二十三個年頭。而如今的校園裡不再有他的記憶。梅毒、小兒麻痺症、狂犬病、黃熱病的研究在當時使他身價百倍，但是，很多論點自相矛盾，充滿混亂，漏洞百出。

在洛克斐勒這本巨著上，怒髮貝多芬充其量不過是一個小小的註解而已。

與此同時，醫科出身的作家渡邊淳一在長篇小說《遙遠的落日》裡也有過一段可圈可點的文字：

野口英世可說是世界級細菌學家，然而細菌學教科書裡卻從來不寫他的名字！

由洛克斐勒大學那位伯樂親手包出來的這個肉夾饃[2]，卻在時間的蒸籠裡沒蒸多長就露餡了。

註釋

1 又紅又專是中共中央於一九六一年九月發佈的《高教六十條》中之詞彙，「紅」是指具有無產階級的世界觀，「專」是指專業知識及技能。與其相對的用語爲「白專」，即有技術但政治觀點站在資產階級的立場上，與人民群衆對立。

2 中國陝西的著名小吃。有中式漢堡之稱，菜式類似於台灣的刈包。

太平那點事

傷心！讀完了厚厚一大本《太平記》，只記住了一個人名，卽一個人物：楠木正成（?—一三三六）。而且這名字唸起來很彆扭，總也唸不順，所以乾脆就省略點，叫「老木」吧。

卻說這《太平記》，可不是那《太平廣記》。因爲北宋的日子太平得無處撓癢癢，連當皇上的徽宗都無事可幹，每天不是作畫消遣，就是寫字打發時間，竟也獨創出一種後人難以模仿的瘦金體，眞是功德無量。同樣，不得不靠談神論仙，說鬼敍怪才勉強成書的是《太平廣記》，文學史書上是這麼寫著的。

而《太平記》正相反，說是記太平，其實處處不太平，滿紙一個「武」字。

俗話說，亂世出英雄，英雄處亂世。亂世只有英雄和寫英雄的金庸老先生喜歡，有亂世、不太平，英雄們和金庸們方有用武之地，才會提起精神出來混飯吃。苦只苦在老百姓這一邊了，連肚子都無法塡飽呢，況且還常常被皇上責怪：爲什麼不食肉糜？

老木是英雄，所以當然就該生在亂世。

亂世的皇上叫什麼來著？後醍醐天皇（一二八八—一三三九），一直記不住。其實我連他的名字都不想提，短命，剛活過五十多一點就翹辮子了。活著時天天吃香的、喝辣的，什麼事也不用做，什麼心都不用操。

有一天，這皇上心血來潮要做大頭夢了。說是這些年自己僅佔著一個空位子，戴著一頂高帽子，其他什麼也沒有，眞冤枉。既然是皇上，而大權怎麼都在將軍幕府那裡握著呢？所以想不開，整天算計著怎麼把大權全都抓到手裡來。

於是，有高手在夢裡指點，說天皇居住的御所庭院朝南的地方有一棵枝葉茂盛的大樹，就是皇上此後的好運，是大救星。大頭夢一覺醒來，眼屎還沒擦淨，就指示手下去確認，然後找來了一個姓楠木的武士作爲替身，這就是楠木正成，老木。不爲什麼，就衝著老木的姓上帶了個「楠」字，代表著朝南方向的樹木，大救星。這情景與夢裡的高手指點的一點不差，靠譜。

從此，大頭夢便處處讓老木打頭陣，爲自己打江山。果然，此後的老木表演出了讓日本人至今都能當作九九乘法表那樣琅琅上口的成績：善戰會打仗，打得聰明、打得仁義、打得忠誠。雖然他是武將，但並不黷武，而是善戰巧戰，有時不動一槍一炮卽能勝敵。勝後還不忘妥善安頓敗兵。

卻說這老木特忠於那個喜歡做大頭夢的後醍醐天皇，忠誠的程度絕不亞於諸葛孔明眼裡的劉玄德和阿斗父子。平時獻計獻策給皇上時，只要皇上說聲不行，他就再也不敢吭聲了，雖然老木是積累了久經沙場經驗的武將。

因爲太聽從皇上所言，卽使預知接下來要去的戰場不是自己碗裡的菜，絕無勝算可言，然而也不折不扣地要上陣。臨死時的那一仗，僅八百騎兵要對戰幾萬敵軍，知道鬥不過而愧對江東父老，不，愧對皇上，卽使不得已，也得爲之。最後在一個叫湊川的地方自殺了，湊乎了事。

從此世上多了一個圓圓的土饅頭，雖然誰都逃不過那一劫，可惜早了一點。

在日本，被後世稱作「一朝兩帝南北兩京」的南北朝時代（一三三六—一三九二）的這一大舞台，可以說就是由老木這位忠臣搭起來的。雖然沒有輪到他上台，任他唱、任他舞、任他演，但是，就憑這搭台的苦勞，歸天之後旋卽被尊爲「大楠公」。如今，東京皇居的二重橋邊上還立著一尊他騎著馬、堅守崗位，誓死保衛皇上的銅像呢。

再說《三國演義》裡就數諸葛亮的戲居多，當然《太平記》裡也應該由老木來唱獨腳戲了。老木戰死於湊川，猶如諸葛亮魂斷五丈原，一個是中原智多星，一個是日本漢武侯：既忠且愚。

其實，愚和忠，在歷史的劇本裡並沒有台上和台下可分，明星與追星也是彼此彼此的。所以，愚忠劇便能上演無數遍，感動無數民，淚灑無數年而匯成了更愚的江河。卽使時代不同，卽使場所不一樣，但是，說到滑稽之處，底下一片哄笑，演到傷心之處，四周唏噓陣陣。舞台上演的故事一樣，舞台下圍觀的觀衆也一樣。大頭夢的江山就是亂世，亂世就是打仗。眞所謂：天地不仁，以萬物爲芻狗；聖人不仁，以百姓爲芻狗。

年年打、月月打、天天打，還沒打夠。而百姓卻已經苦得難以活下去了，所以期待太平，祈禱著有一天能太平、太平……這才有了《太平記》一書的問世。《太平記》成書年代不清，推測爲十四世紀中後葉，全書四十卷。

身邊的螞蟻小朋友

您一定留心過，身邊其實有許許多多稱得上在微生物之上，又在動物之下的昆蟲小玩意。人在地球上生活，他們也在地球上活著，有的很煩，比如蚊子蒼蠅；有的討厭，比如蟑螂老鼠。

但是，也有一些好像不太煩，也不太討厭，比如螞蟻，甚至可算得上比較親近。遙遠記憶中的童年時代，看著螞蟻小朋友們集體排著隊，或者一條線似地爬上樹，或者一起啃著骨頭，或者拖著其他昆蟲的死屍大勝歸巢，狀如十面埋伏，賽過赤壁之戰，壯哉偉哉！那時，這些螞蟻小朋友讓小朋友的我消磨了很多手裡什麼玩具也沒有的寂寞時光。

螞蟻小朋友那生活樣式實在與人接近，或者說，人的生活方式實在與螞蟻接近。所以，祖先的底層子民們常常愛稱自己是「蟻民」或者「蟻衆」。而且，近年中華大辭典裡不是又多了一個不算舊的流行語「蟻族」嗎？說的是來自窮鄉僻壤，到大城市讀了那麼幾年大學，嚐到了城市的有滋有味，便想把原本拿不出手的戶口簿換掉，發誓此後的窩就築在城裡，以便對得起自己曾經有過的夢。因爲那夢不僅僅屬於自己一個，還帶著父老、兄弟、戀人的體溫。但是，由於生來基因不全的緣故，沒有可啃的老爸，沒有可鑽的後門。所以，那夢顯得荒涼，不，黃粱。雖然做了四年，其實並未做夠，還想賴下來卻沒資本。與那些自以爲是生於斯，長於斯的土豪族比，城裡廣廈千萬間，自己只屬於「異族」，挨不上。所以，沒有任何生存優勢可言的他們使出了唯一的優勢：蟻於斯，蟻族。蟻而群居，省錢省地方，群聚生群力。

興許蟻族們也是從螞蟻小朋友那裡學得的這一手吧。應該學習螞蟻。有個美國學者如此高談過他的螞蟻哲學，說在它們身上有令人驚訝的四部哲學。第一部：永不放棄，第二部：未雨綢繆，第三部：期待滿懷，最後一部：竭盡全力。

把這四部哲學編成全集就是一句話——勤奮、吃苦、耐勞。

不過，北海道大學農學研究院有個叫長谷川英祐的教授在英國科學雜誌上發表的一篇研究論文，卻打破了從很久以前人類這個自以爲是的老師給螞蟻小朋友下的評語，並認爲這些一貫固有的好印象，其實是一種對螞蟻小朋友的誤評、誤讀。還說，這勤奮、任勞任怨、工作不停的團體裡其實還養著很多不做事的懶惰鬼呢。

各位，信不信由你。但是，在信與不信之前，先來看看研究吧，方法很簡單，構思竟獨特。

卻說教授帶領的研究小組先讓一千兩百個螞蟻小朋友分配在八個社區生活。然後，在日常生活中進行觀察、研究。實驗前，在一個個小朋友身上塗不同的顏色便於區分。最初社區裡紅紅綠綠黃黃藍藍一片熱鬧，生活了一個月以後發現，正在大做巧做加猛做的時候，這一片紅紅綠綠黃黃藍藍的隊伍裡，卻悄悄地出現一批遛鳥的、端茶壺的、躺下磨洋工[1]的小朋友。

這一結果使研究小組都不敢相信自己眼皮底下的這一光景。

於是，推倒重來。把螞蟻小朋友又重新組合一番，這次乾脆簡單明瞭地分成了兩組：有懶惰鬼的團體和百分之百沒有懶惰鬼的團體。不久，通過觀察再次確認到，以前沒有遛鳥、端茶壺的很純潔的團隊在一起生活一段時間之後，居然又出現了一批遛鳥的、端茶壺的，而且不知什麼原因這個比例都差不多，總占一個團體的兩成左右。

同時又發現，一旦扛著麻袋、拖著木棍的螞蟻們累得走不動、趴在那裡時，站在一邊悠閒遛鳥、端茶壺的會放下手上的鳥籠和茶壺奔去接著扛麻袋、拖木棍。

而如果只有扛著麻袋、拖著木棍的團隊不僅顯得單調，整個社區的小朋友過不了多久就會集體躺平，不再衝鋒陷陣不算，也不再有前赴後繼的欲望：個個短命。相反，有遛鳥、端茶壺，也有扛麻袋、拖木棍的團隊，據說，大家生氣勃勃，站在南京路上吐一口痰，唾沫立馬可以飛到淮海路，而且都能長命百歲。

哇，一個眞正融融洽洽的和諧社會。

研究結果對螞蟻小朋友們來說，內心服不服不知道，因爲不屬於研究範圍。而教授卻已經在那裡寫起總結報告並借題發揮吹開了。他說，表面看上去對團體是多餘而毫無用處的存在是浪費，其實，爲了社會生存下去，這是必要的代價。就是說，看見消防隊整天無所事事時不要紅眼，他們無處可去才是這個社會安全無災的標誌。一味追求短期的高效率、高品質，這個團體不僅會走下坡路，一步沒跨好的話，會集體提前陷進墳墓。

哈！螞蟻小朋友代上帝給人類帶來了忠告。社會要有一些相對的寬鬆，爲了團隊不至於發生生存危機，必須養一批懶惰鬼在窩裡。

螞蟻，這位雖不親近也不討厭的昆蟲，卻讓人類學到了很多很多，所以《聖經・舊約》說「去察看螞蟻的動作，可以得到智慧。」眞應該常常看看遠在天邊近在咫尺的小朋友。說實在的，我也有好長一段時間沒看見他們了。

註釋

1 磨洋工，形容人做事懶散拖延。

柿餅

一年兩次，學漢語的老太太總會寄點禮品來給老師意思意思。

去年夏天，借中元節之名，寄來的是德島名產素麵。入口爽，有嚼頭，適合於食慾不振的大熱天；年末寄來的是自製的柿餅。不但她本人喜食，更屬兩個孫女愛吃的點心，所以每年做，這次也分享給老師一份獻醜，她說。

嘴饞的老師正中下懷。

柿餅，扁平、表面一層白粉，拿在手上有些硬邦，但是，撕開放進嘴裡，那香，那甜，那糯，大概能取代的東西甚少。小時候，家裡只要有，哪怕半夜醒來，也不忘順手撈上一個放進嘴裡。與妻子談朋友的那陣子，也嗜好這貨的她外婆知道我喜歡，市上一有，總記著給我帶一包來。

來到日本後，市場上也有，不過貴得令人下手畏畏縮縮。所以常常看在眼裡，唾沫咽在肚裡。

如今，吃完老太太寄來的，說些感謝之語的同時，也誇了她的手藝。不料，她竟回答：不過雕蟲小技。誰都會，明年教你。

頓時興奮不已。

日本人愛做柿餅，放眼我家周圍有柿樹的院子特多。有句俗話可證：桃栗三年柿八年。意思是說，雖比桃樹栗樹栽培時間長，而比梨樹蘋果樹短得多。一到秋冬之際，屋簷下、陽台上掛著的串串乾柿子便是一大風物詩的存在。

卻說入冬前，老太太向與她家有長久來往的老店鋪預定柿子之前來詢問，試探我去年的熱情是否還在燃燒。得知還沒熄火之後，也把我拉進預定名單裡。

盼星星盼月亮，等到十二月初，奈良鄉下的柿子到了。

一箱，五公斤裝。打開看，個頭比較小，數了數有五十多個。

細心之處是，箱裡不僅放著此後吊曬用的繩子，而且爲便於吊起來曬時柿子不掉落，果實與枝莖連結的臍帶部分都剪成了T字型，整齊一律。

之外，還附有製法說明：怎麼削皮、怎麼把削了皮的柿子串在繩子上、放在什麼地方、花多少時間風乾、怎麼才好吃等注意事項，滴水不漏。

當晚，就和妻子動手幹了起來。

該用的工具準備齊全後，削皮，成堆後再放在開水裡一個個燙一下（爲什麼要燙，不明，按說明書的指示），之後在陽台的晾桿上繫上繩子，一串接一串把柿子小心地串在繩子上。

第二天一早往外張望，窗外似乎新掛上了一張大大的橙色珠簾。

此後，要幾度風吹霜打，幾度日曬光照，老太太關照。

第一、二天不見動靜，第三天顏色有點變暗，外表開始硬起來。說明書和老太太都說，此時要用手在柿子表面輕輕揉捏，爲的是吃時柔軟、甜味均勻，核容易脫落而不黏著。

照搬、照辦。

接下來每天的功課是戴上乾淨的手套把曬著的柿子揉捏一遍。揉捏中發現，與人一樣，柿子看上去都差不多。柿子就是柿子，而非桔子。其實，一揉捏才發覺，有的捏後變軟，有的卻始終硬挺，捏上幾次才稍顯變化。

曬柿子的日子裡，內心總記掛著柿子。

「君子遠庖廚」是孟子老先生的教誨，這懶惰鬼的種子撒在別人身上，興許不會發芽，偏偏撒到了我的土壤上，不僅發芽開花還結果。所以平時飯來張口，覺來伸腿，凡事不用躬身時絕不會動手。但是，柿餅是自己的最愛，又仗著老太太的厚意，不拿出點好成績給她看看，貼在臉上的金粉一定會剝落不少。

就這樣，捏著、揉著一星期，漸漸呈現出小時候見過的模樣。

剛削完皮的柿子，就好像記憶裡吃過的寶塔糖[1]盒上那張剛出生又嫩又紅的小臉，一戳即破。一星期過後，水分漸漸消失，表面微微皺起、變硬，顏色有如步入晚境的老人臉，呈現出羅中立油畫《父親》的那銅紅。

兩個星期快到的時候，老太太來信關照，澀味應該消失了，可以收下來了，此時吃最嫩。多餘的分組包好，放進冰箱的冷藏室隨吃隨拿。

日本人吃柿子的習慣與中原不同。新鮮柿子上市時，喜歡硬硬的，不太甜。而中原人喜歡吃的那種軟軟也很甜的，說是不新鮮，賣不出高價。要是皮有些破了會更慘，在攤子上只能賣到十分之一的價。

與此相反，柿餅卻愛吃嫩的，嚼在嘴裡不覺得那麼有韌勁、那麼撕不開即可。

對！說到形狀也不一樣。中原的柿餅也許一般是平放在竹篾子上晾乾的，所以，確實如餅，而日本都掛在屋簷下、陽台上晾曬，形狀如錘。

收穫的午後，與妻子兩人坐在陽光底下喝下午茶：一杯綠茶、一碟柿餅，不，柿錘。邊吃邊品。

從奈良來的柿子應該都帶核。但是，揉捏中怎麼也沒感覺出來，與無核相似。現在剝開一看，有核，但是，又小又薄，不能稱作核，猶如燈籠辣椒籽那樣。

與妻子這樣吃著聊著比較著。

曾經有過的大的夢、小的夢不少，而到了這把年紀早已夢醒，一句話：凡事將就。但是，自製了柿餅後發現，身邊的這些小小的驚喜，或者不足掛齒的小慾望卻能讓人換一個角度看眼前，看明天。

註釋

1 寶塔糖指的是中國一系列形似寶塔的驅蟲藥口服劑，因有甜味、形似寶塔而得名。

木野狐

1

他姓荒木，而高中同學都叫他木野狐。

他並不反感，甚至還有些得意。雖然木野狐是什麼意思，叫的人不清楚，被叫的人也不清楚，都說是對痴迷於圍棋之人的稱呼。

學校的課外活動很多，放學後直接回家的幾乎沒有。荒木不喜歡足球、柔道、劍道之類的劇烈運動。自小就在熱衷圍棋的爺爺身邊長大，爺爺下棋的瀟灑身姿最讓他陶醉，所以，他也跟著學了一手好棋。爺爺忙的時候，由他代替與對手下的機會也有過幾回。

好靜不好動的荒木，最適合生活在這黑白世界。無論在中學，還是現在進了高中，參加的興趣小組都是圍棋，而且，不用說，他是常勝軍。

高中就是高中，活動室比中學大得多，也漂亮得多，當然，參加的人也多。指導老師宇野是個非常了不起的人，不，他本人並不怎麼了不起，不過是一個不太有人氣的古文老師，雖然畢業於一流大學。只是傳說宇野老師的父親了不起，是個職業棋手，赫赫有名的八段，連荒木的爺爺也知道。

平時宇野老師僅僅指導，當然也會爲大家分析棋局走勢，思路清晰在理，不過，從來也沒看見過他坐下來與誰對陣過。而同學們走棋走到迷惘處，他也會點睛似地暗示一下。有時有同學會故意空出座位讓老師，但是，他絕不會坐下。有同學不服時，他總是爲自己解圍說，圍棋用語裡不是有旁觀者清嗎？因爲我在旁邊看著呢。此後，愛讀《三國演義》的同學背地裡給他起了一個綽號叫馬謖，暗指他光會紙上談兵。

荒木的志向是理科。一門心思要考國立大學的物理系，而且，他學物理的確也比同班輕鬆，做功課不費時間，作業再多都能應付。所以，來圍棋小組的次數不用問應該算同學中第一，甚至快要臨考他都不缺席。

宇野老師看在眼裡。

有一天，棋室裡已經寥寥沒幾個人了，老師走到荒木身邊，送了一副自己用小楷寫的條幅給他。展開一看是一首古詩：

莫將戲事擾真情，
且可隨緣道我贏。
戰罷兩奩分白黑，
一枰何處有虧成。

得到老師親筆寫的字時，荒木有些受寵若驚，但看不懂。老師便坐下來解釋道：這是宋朝王安石寫的，他不僅是詩人，還曾兩度出任宰相。當時有教養的人，琴、棋、書、畫都得在行，圍棋更是他的所愛。這首詩裡他想告訴人們，不要玩棋誤事誤己，再怎麼戰，怎麼勝，最終白還是白、黑總是黑，下完了的棋子還得回到各自的棋盒裡去。圍棋就如狐狸以其魅力迷惑人，而受了迷惑從此迷失了方向的人古今中外大有人在，所以，圍棋又被人稱作「木野狐」。

荒木聽著，沉默不語。老師又說：其實，家父小時候教過我圍棋，我也常常與他作伴。但是，上高中以後，就不再下棋，雖然心裡非常非常想坐下來下幾盤，但是，我曾對家父發誓過，在自己有學業、職業時絕不染指。

在場的聽了，對指導老師有了重新的認識。

而那天之後的荒木呢？歇過那麼幾天。

不過狐狸到底是狐狸，太有魅力，宇野老師如此地諄諄教導都沒有狐狸有魅力。荒木被迷住，就連大學臨考的前夜也沒放下。雖然沒有出門下棋，卻躲在自己的房間裡，翻著棋譜，對著棋盤獨自下棋過癮。

放榜時，理想的物理沒有份，勉強進了醫科。這一結果才讓他醒來，從此發誓要學宇野老師，學業、職業絕不荒廢。

2

一晃多少年過去了。

木野狐，不，荒木從第一線退了下來。在職期間一直撲在專業上，別無他顧。現在退休了，不再忙忙碌碌，卻有些閒得發慌，一時不知該做什麼爲好。

有一天上網，居然發現畢業的大學裡有一個圍棋俱樂部，卽使畢業生也可以參加。興奮之餘馬上在網路上申請報了名。

那天趕早去了母校的棋室。在學期間，從沒來光顧過。很大，下圍棋的不少，但幾乎一色白髮。棋室室長讓他摸牌決定自己今天的下棋對手以後，他被領到了一位長者的座位上。

長者向他微微地一笑，那笑臉顯得很年輕，雖然也是一頭白髮。

初次見面，從禮節上來說，應該互相作自我介紹。於是，他從名片夾裡抽出了一張名片來，恭恭敬敬地遞了過去，同時也接過了長者的名片。

啊，宇野老師，他差點沒叫出聲來。因爲棋室裡靜悄悄的，大家都專注著眼前的棋盤，不便大聲。於是他站起來，畢恭畢敬地向老師，不，今天的對手鞠了一躬。

老師也開口了：「哦，你姓荒木，荒木君。」

也許年已古稀，行動不便，老師沒有立卽站起來，卻和藹地說：「眞年輕啊。

這麼年輕是不該來棋室下棋的吧？」

他這才察覺其實老師並沒有認出他來。多少年來，他的桃李遍天下，所以，認不出眼前的他理所當然。老師繼續說著，好像當年在講壇上那樣：「我已經八十多了，賦閒以後，才來這裡享受後半生的。」

木野狐沒有插話，今天只當聽眾吧，等有機會再與恩師慢慢聊。

科班與野路子

1

和中原一樣，日本的高中生畢業前也得有一次鳳凰涅槃[1]般的煎熬：考大學。二〇一六年，國語考試的古文試題選的是中原一位叫盧文弨所著《抱經堂文集》裡的名文，從詞義、語法、虛詞用法、讀解等考起。考後專家的意見一致：出題沒超出高中語文的範圍，意思是說，不冷門。

而中原出身的我在讀罷試卷後，卻覺得冷門得近乎冷酷。

說實話，我不僅不知盧文弨爲何世何時何地何人不算，居然還把此公大名中的「弨」望文生義地念成了「昭」。汗顏！

事後一查，方知盧文弨（一七一七—一七九五）原是大清的人。年輕時過五關斬六將，輕舟似地過了科舉考試的難關，然後在由皇上監考的殿試中得了進士的探花，從此一路順風。

卻說，一百多年前被抬進棺材去的科舉，有過一千五百年的輝煌歷史，不僅中原，在朝鮮半島、越南等地都是選拔人才公正合理的路徑，可說是任人唯賢的豪舉。所以，由科舉而被抬舉出來的都屬科班正路子，是那時代的棟樑。

進士盧文弨進了翰林院。從此，拿著小板凳坐在政治中心的邊上，修書撰史，起草詔書，爲皇室成員侍讀等，簡直可稱得上是人上人了。而本人呢，心存諸多不願，也就是說他更傾心於對古籍的收集整理、校勘和出版，大學問家戴震、段玉裁等一批《說文解字》的粉絲則是他的摯友。

身不得已混在官場的盧文弨，也許還記著差不多同時出世，卻又早早潤出官場的文豪袁枚在民間那麼逍遙自在，而自己很窩囊，猶如被蠶絲捆著動彈不了。於是五十歲時便藉口照顧母親而躺平，從此致力於學問，後有《抱經堂文集》問世。有時間他也去藏書甚豐的袁枚那裡借書，這讓後者又驚又喜。有詩爲證：

他人借書借而已，君來借書我輒喜。

看官，大凡藏書均爲自己所愛、所用，辛辛苦苦收藏的書被不費吹灰之力的人借去，心裡總會有點不快，而袁枚爲何高興呢？原因就在於盧文弨幾乎可說有職業病似地能從書中檢出錯字、糾正誤植，精準如沙裡淘金，或者稻糠中揚出米粒一樣。總之，盧文弨，名副其實的科班。

2

就是這位科班的大學問家，竟然爲一個野路子顯示了自己的驚訝。有一天他從友人處借到了一本鄰國無名豎子撰著《七經孟子考文》，讀後深覺可驚可嘆又可恨。爲何？

三十多年來，他一直有志於要把悠久的中華文化中，已經錯了位、失了神的經典重新考證校對再增補一番以還其原貌，但是，竟被這位野路子搶了先，讓科班的臉往哪兒放？

敢問，這野路子究竟何許人也？

山井鼎（？—一七二八），在學問上很鼎，甚至鼎得能讓乾隆大帝欽定的《四庫全書》中也不得不收入這部著作。其實不過是個無名豎子，無名得不知何年出生，只能推測大概生於一六八〇至九〇年期間，卒於一七二八年，先後師從過大儒伊藤東涯和荻生徂徠，此後一直在收藏漢文經典豐富的足利學校（位於東京都附近的栃木県足利市）裡爲所藏之書作校勘工作。

且問，這窮鄉僻壤的鄉村學校怎麼會有如此多的古籍？

長話短說吧，造了金閣寺的將軍與明朝做生意時，出口的是金銀銅和日本刀，而買回來的都是四書五經、山水畫、陶瓷器之類。因爲那是一個文人、武士都張著大嘴說：想要讀書，想要知禮的時代。

這足利學校就是爲了讓武將不僅武，更得文才開設的。那裡的宋本《尚書正義》（國寶）、《禮記正義》、《文選》、《周易注疏》（三者均爲重要文物）等至今歲月靜好。

山井鼎就是在這環境裡著述了讓盧文弨驚嘆不已的《七經孟子考文》一書。

順便提一下，這七經，就是《易經》、《尚書》、《詩》、《左傳》、《禮記》、《論語》、《孝經》，外加《孟子》。多少年來堆在積滿了灰塵、蜘蛛網的中原破倉庫裡的祖宗財產，被這位野路子搬出來重新記帳、修整，梳理了一遍。

所以，盧文弨認輸！

不過，大家畢竟是大家，認輸之餘，還熱心地在所著《抱經堂文集》第七卷裡，連寫了兩篇介紹《七經孟子考文》來肯定他的學術價值：「有考異、有補闕、有補脫、有正誤……」，盛讚鄰國保存完好的唐以來相傳的古本及宋刻本，而非明以後那些眞僞不辨的下三濫。

3

盧文弨和山井鼎，一個是正經八百的科班，另一個卻連出生年月都無從查考的野路子，然而卻是同行，有著共通的意願和理想，恰如李商隱的那句「身無彩鳳雙飛翼，心有靈犀一點通」的詩句一樣。

此後，受了刺激的盧文弨也發憤對《十三經注疏》進行了考證和校勘，雖未竟大業，死後由弟子承繼遺志才完成。

科班畢竟識貨，此後《七經孟子考文》一書被收入《四庫全書》。我猜想，但也僅僅是猜想，清末民初淘金般蜂擁來日本淘舊書的熱潮，估計也與盧文弨或者這本《七經孟子考文》有點藕斷絲連吧？

註釋

1 指鳳凰浴火燃燒，比喻不屈不撓的頑強精神、勇敢奮鬥的堅強意志。

貼在漢語邊上

1

《走到人生邊上》一書是楊絳九十六歲時的著述。

老太太自覺比一般人活多了，在走向那個世界的半路上，突然止步想留下一點什麼給這邊的世界，可惜因年齡瑣事常難以下筆如有神，她說，更困惑的是：「寫半個字，另一半就忘了，查字典吧，我普通話口音不準，往往查不到。」

老太太究竟留了點什麼給芸芸衆生，讀後的我從那本書裡沒找到。不過，有如在雲端上那樣可望而不可卽，國語、文學、翻譯都稱得上大師的她，竟在最得意的漢字、語音領域如此尷尬令我有點意外，但也有同感。前兩天我把淸朝學者盧文弨大名中的「弨」，僅看右邊的「召」就想當然地錯念成「昭」便是一例。

卻說楊絳走到人生邊上時，智慧型手機早已普及，不過相信她沒用過。眞要用，那些注音拼漢字，通過聲音寫文章的方便功能一定會讓她身處雲裡霧裡，感嘆還不如手寫快。

眞的，漢字是一口陷阱，看似差不多，其實發音、意思全然不同。能寫「母」字，不一定能拼出「毋」，「膛」和「瞠」、「本」及「鉢」、「獺」與「瀨」等等，要是在這方面沒遇到過與老太太同樣煩惱的，恭喜您了。

吃了一輩子語言這碗飯的也如此爲難，不覺得是漢語本身的悲哀嗎？

我如此說毫無譏嘲之意，只是從側面感受因語音、文字不規則、未經整理的沉重，讓職業寫手也會蒙上一層自卑感，只能嗟嘆用於交流、表達的語言功能存有欠缺。

2

那麼，楊絳以外的民國大師們又怎麼樣呢？從京都大學漢學家小川環樹當年在中原留學的所見所遇可見一斑。

出身在古漢語造詣極深家庭的小川，兄弟五人自小便由祖父從四書五經教起，然後《十八史略》、《史記》……依次。之後，五子個個登科，其中兩個是京都大學名教授，一個爲日本諾貝爾物理學獎第一人。

我用的字典《新字源》由小川編著。之前也用白川靜編的《常用字解》和藤堂明保的《漢和大字典》，覺得最紮實的還是小川。

卻說當年他在北京大學留學時，曾割愛了很多名教授的課，因爲授課老師只能說方言的很多，難以聽懂。與其呆坐，不如在家看容易理解的油印教材效果更佳。也去過蘇州找語言文字權威章炳麟，找是找到了，大師的方言一句也沒聽懂。此後，因仰慕魯迅大名而常常去內山書店，竟只能用日語才能溝通，魯迅很得意自己說的是明治時代的語言，還介紹說郁達夫說的是大正時代的。遠道而來留學的小川甚感失望，他想與郁達夫、周氏兄弟用漢語交流的願望最終沒能實現。

不僅小川，他的同事當時也在北京，說曾去聽過魯迅在北師大的那場著名演講。因南方語系中沒有捲舌音，不分前後鼻音的緣故，根本無法理解他說的紹興話。聽到「擰到醋意」一詞，猜了半天，才猜出想必是說「人道主義」吧。

由此，小川牽掛日常生活中魯迅與許廣平是怎麼溝通的？一個紹興人，一個廣東出身，紹興話擂台潮州話，簡直是不同星際的碰撞。

3

小川的擔心並非事出無由，日本也有過。

一百五十年前明治維新時，第一批派往歐美的留學生中有一個剛滿十一歲的女孩。小女孩留學回國後，經人介紹與西鄉隆盛的表弟相親，二十歲的年齡差未成障礙，兩人一見鍾情。而雙方一開口都詫異不知對方在說什麼。起因是出身地不同，一個會津藩（今福島縣），一個薩摩藩（今鹿兒島縣）。兩地距離多遠？就如鴨與雞可以相處而無法疏通的距離。幸好兩人都精通法語，法語成了溝通的工具。

可憐呀！本是同根生，相近又甚遠。

不過，一百多年後的今天這樣的現象幾乎絕跡。就我的留學經驗而言，不敢誇口已走遍日本，但只要寒暑假有閒暇，東西南北到處走。旅行時，日常會話、交談是日課，然而，難得會出現因語音難懂而無法溝通的現象，所到之處都是近於標準的標準話，即使異鄉人的我們都不覺得有溝通的負擔。

語音以外，文字的變遷在現代日本生活中也相當明顯，日語裡漢字的比例不僅已大大減退，而且，經過簡化、歸納、刪除，與平假名、片假名並用顯得融洽、方便、實用。對比中原小學生畢業時要掌握三千個漢字的難關，他們只要一千字左右即能聽說讀寫。

說實在的，本來漢字並不是爲平民百姓所用而設計的，自誕生那天起就是少數官僚、讀書人之間通信聯絡的工具，孔乙己炫耀自己懂「茴」字下面的「回」有幾種寫法就是一例。而爲了不讓百姓輕易觸碰，一開始就設置了種種障礙。可說當年始皇帝治下採用難以辨認的篆體字，就是爲具有上鎖、加密而來的吧？所以，漢字的不便、很難，理所當然。

「工欲善其事，必先利其器」是孔夫子的教誨。假如台上主講者用的工具是智慧型手機，而台下聽講者用電報、傳眞來接收不是一種徒勞嗎？

我的悲哀不僅僅爲楊絳。

唐詩那蛋

雞生雞蛋，唐出詩。

和所有動植物一樣，雞生蛋爲延續後代。與雞生存在同一空間的人類爲延續生命，把雞蛋拿到自己的餐桌上來了。

有廚師，就有雞蛋的用處。廚師不同、吃客不同，雞蛋也會有不同的味道。煮蛋、煎蛋、炒蛋、蛋湯、蛋捲，我知道，絕不止這些，應該還有更多。

唐詩爲唐朝詩人所作，猶如雞蛋是雞所生。

唐詩不僅唐朝人讀，也爲後來的子孫們鍾愛。於是，便有各種讀法、讀本出現：《全唐詩》、《唐詩三百首》、《唐詩選》、《三體詩》……等。

依我看，《全唐詩》似煮雞蛋，旨在大全、原汁原味，所以一詩不掛，便也味同嚼蠟。由「詩三百……思無邪」而來的《唐詩三百首》，桂皮、八角多了一點，味道重了一些，屬醬油茶葉蛋。明朝李攀龍編的《唐詩選》可稱煎蛋，愛這一口的，早餐桌上必有一碟。

我呢，最愛番茄炒雞蛋般的《三體詩》，蛋不在多，番茄也不少。紅與黃的搭配，酸和鹹的中和，色香味才是妙處。《三體詩》並非那《三體》的詩有化，也是唐詩選本。由南宋選手周弼將七絕、七律和五律中選出近五百首，起名三體。

只有三體也唐詩？對，更過分的是，選本裡居然不見李白，殘缺杜甫。這不叛逆至極？小朋友韋禮安怎麼唱的來著？「沒有了你的世界，依舊轉動」，當然，地球很任性。但是，沒了李杜，何以言唐詩？

這不，生於烹調大國的我，有一次去參加日本人在一流賓館舉行的宴席。事先我估計魚翅海參不見得上桌，但至少烤鴨、東坡肉會有吧，因爲並非燕尾服上陣，卻個個筆挺的西裝。

此後入席、上菜：麻婆豆腐來了，一片掌聲。青椒肉絲，全場歡呼。最後一道大菜：半是炒麵、半爲炒飯，人人拍手。我沒吭聲，想：這世上還有沒有檯面？沒了李杜的選本是否也是這類盛宴？不見得。

《三體詩》避開了一個英雄、聖賢蜂擁、咄咄逼人的盛唐時代，多挑接近於世俗平民，富於人性、人情的中晚唐以接近生活，感受煙火氣。所以，與其盛唐大詩人的高亢，不如品嚐纖細優艷、優雅或閒寂之味是其特色。一句話，表現崇高壯大之美的不多。

比如，《三體詩》裡有，《三百首》和《唐詩選》均未收入的杜牧〈江南春〉，相信你我小時候都暗誦過：

千里鶯啼綠映紅，水村山郭酒旗風。
南朝四百八十寺，多少樓台煙雨中。

風平浪靜的二十八字，卻處處是景，字字顯實，老農也識，小孩能言，但是，若隱若現的是一幅佛陀的面影映在江南的春色中。

比如，與劉禹錫的〈烏衣巷〉意境相似的〈寒食〉同時入選於三個選本：

春城無處不飛花，寒食東風御柳斜。
日暮漢宮傳蠟燭，輕煙散入五侯家。

不過《三體詩》另選了韓偓的〈尤溪道中〉，卻未見於其他兩本。尤溪，朱熹的故鄉，有梯田，是豐饒茶鄉。而詩人路過時竟顯荒涼一片，令擅寫艷情的他不忍目睹：

水自潺湲日自斜，盡無雞犬有鳴鴉。
千村萬落如寒食，不見人煙空見花。

短短一首七絕，卻重複用了動詞「自」、「見」，也用「有」與「無」對照，將不是寒食而勝似寒食的一幅戰亂之景躍然於紙上。

之外《三體詩》裡還有司空曙的〈江村即事〉釣罷歸來不繫舟、錢起的〈歸雁〉不勝清怨卻飛來等。據稱，江戶時代的學者賴山陽（一七八一——一八三二）在讀了入選的雍陶〈城西訪友人別墅〉，不覺手癢癢地也抄襲了一番的佳話。

當然，唐朝留下了四萬餘首詩，可任挑剔，隨你烹調，在選什麼都隨意中，呈現出各自不同的風姿。我覺得《唐詩三百首》擺的是一副聖人說教的架子，以慷慨激昂的史詩式爲重，故稱作詩的世界裡的《論語》，甚至《聖經》也無妨。《唐詩選》是抬轎人，「文是秦漢詩盛唐」唯盛唐是唐，僅杜甫、李白等的詩爲詩，轎上坐著的就是英雄，故偏於雄渾高聳。

相比之下，《三體詩》不再英雄，卻怡情養性，纖細平凡之外，更用「實接」、「虛接」、「前實後虛」等表現法將詩歸類，探究詩的技巧造型。

七百年前，有個去中原留學的禪僧中岩圓月居然也喜讀這本選詩集，在學成歸國的畢業證書裡順手挾了一本。那個時代的日本，與南宋在地理、氛圍、口味上都很接近，所以許多在本土並不起眼的南宋瓷器、繪畫、文人，卻在這裡生根開花並結果。同樣禪僧帶回的《三體詩》在南北朝、五山文學[1]時一下冒出了十多種刻印本。近代森鷗外、夏目漱石等都是其忠實粉絲。

近年《三體詩》式微。最後的版本由吉川幸太郎（京都大學）監修、村上哲見（東北大學）譯註，朝日新聞社作爲古典選於一九七八年問世後，不再有後續。

唐王朝的詩人們寫詩表現人生，不，吐露自己，吐露活著的不易、快樂和幽怨，於是發聲、寫實、昇華。後來世世代代的子孫也讀，並讀出一個更繽紛的唐王朝。

詩者，吟詠情性也——〈滄浪詩話〉如是說。

註釋

1 五山文學，日本文學派名，在禪林的特殊大環境下之產物，似疏離社會、孤立於近古文學發展而存在。五山文學的興隆與室町幕府封建制的確立並行，實現當時古典與貴族、地方與庶民的兩種對立文化的融合。

線上閱讀

1

曾經讀到過內藤湖南（一八六六——一九三四）的這樣一則雅事。

內藤湖南是誰？長話短說，一個把中華文明近代史提升到比歐洲文藝復興早四、五百年，比江戶時代早六、七百年的大學者。

一百多年前的一天，京都。有人開價十幾日元將宋版《史記》賣給古董店，古董商收下後以三、四十日元賣給一個富商藏書家，遭拒購後再加倍以一百日元在東京出手。十幾年後又以六百日元的高價轉回到京都的舊書店老闆之手，老闆以一千五百日元之價貼在了廣告上。看到廣告的北京某人欲購，恰巧吃瓜群眾內藤路過，連呼惋惜。正打包的老闆便答：要是先生您買就減去一千。

五百日元！當年能買到兩千五百公斤大米。

還在養家糊口的內藤想要也要不了，就與朋友商量後背債買下。有多高興？他馬上把放這本《史記》的書齋改名爲「寶馬庵」，直到晚年買到了唐朝手抄本《說文解字》時，才將書齋改名爲「寶許庵」。

眞是一則文人雅事，雅得令人愛屋及烏，不，愛書及屋。

晚清江南四大藏書家之一的陸心源老先生生前也有類同的趣事。陸老先生自豪藏有兩百本宋本，所以藏書樓就叫「皕宋樓」。而老先生剛走，這些藏書就被不肖長子傾巢賣光了，按下不表。

卻說被內藤湖南金屋藏嬌的宋本《史記》又是怎樣一個版本？

《史記》於公元前一世紀成書人人皆知，千年後値起錢來的宋本又稱《史記集解》，爲南朝宋人裴駰採九經諸史等註解而成。其中保留了大量書目及相關內容，是現存最早的舊注全本，與《索隱》、《正義》一起合稱《史記三家注》。

因第二冊《集解序》的末尾刻著建安（卽福建）黃善夫刊等字樣，判明與黃善夫這位民間印書商的另一部所藏所刊的《前後漢書》爲同版本，十二世紀末印行後，由在中原取經的僧侶購買帶回日本而流傳至今。地處東京邊上的國立歷史民俗博物館藏有此刊本一百三十卷（九十冊），上世紀六十年代列爲國寶。

難怪！擁有如此珍本，哪個書呆子會不心跳呢？

可是……

可是，如今不擁有也可臉不紅、心不跳地一睹爲快了。

博物館把電子檔放在了網路上供愛好者日日看、月月看、年年看而無限制，只要有電腦、手機就行。資訊能公開閱覽可說是IT時代的大紅包，人人都可以自由享受祖先所創造的文明結晶。不僅如此，國立歷史民俗博物館的這本電子檔還很見功夫。想看時，隨時隨地可以翻看，放大縮小地看，正過來倒過去看是理所當然，連藏書家的印章、點評、眉批之類也能看得清清楚楚。

一個「舊時王謝堂前燕，飛入尋常百姓家」的時代到來。

2

網上有無數珍貴資料可讀固然是好事，卻也有好壞優劣之分。

平凡社的東洋文庫[1]曾出版過一本漢學散文家竹添進一郎著述的中原遊記《棧雲峽雨日記》的翻譯本。

奇怪，日本人用日語寫日文書爲什麼要翻譯？

是的，原本其實是你我讀來並不費事的漢文，明治時代出版時，能看懂的日本人還爲數不少，而如今沒有翻譯便無人問津，所以才由另一位漢學家岩城秀夫翻譯成現代語供現代人參考。

這本漢文原著網路上有電子檔，而且貼出的地方很多，國會圖書館、早稻田大學等之外，我推薦的則是「國文學研究資料館」的那本。

國會圖書館以藏書最豐、數位化也多而聞名，但是，說到質量則難以恭維。會令你想起丁聰[2]漫畫裡國營商店員工的那張冷面孔上分明寫著的：我爲人民服務，但不爲你服務的字樣和表情，所以沒看上幾頁就會頭暈眼花。

相比之下，早稻田大學的很忠實。但也僅僅是忠實，顧及紙本太多是欠缺，沒有發揮電子版應有的長處。

而國文學研究資料館的質量屬上乘。原汁原味之外，服務周到也細緻。就如人人手上的智慧手機，通話早已次要，相反上網、拍照、閱讀、記錄等附加功能佔了上位。這本電子檔也是，誰作的序、誰寫的跋、題字、本文……分得清清楚楚不算，還能單獨欣賞：伊藤博文優雅的題字、老練如其人的李鴻章書法、羞羞答答忸忸怩怩的是俞樾蠅頭小楷的別序……讀這樣的電子檔簡直就是藝術享受。

然而，我對顧頡剛的《古史辨》卻有另一種讀法。年輕時讀書像吃紅燒肉，貪於朵頤之快，到了想慢慢咀嚼的如今，手頭沒了原著。無奈何只得把好心網友貼在網上的下載資料存檔，想讀時讀。想起某句某段，只要搜尋一下關鍵詞句就出現在眼前了，比紙本書快捷多了。

不過，在重溫古籍書類時，光顧最多的是「中國哲學書電子化計劃」網站。說是哲學書，其實不然，連《金瓶梅》都在裡面。書單從先秦到清末，從史書到字典差不多一網打盡。不僅囊括了原典，還附有英文。據說創辦人唐納德・斯特龍（Donald Sturgeon）是一位哈佛出身，擁有電腦科學、漢學、哲學等專長，收藏文本超過三萬部，有五十億字之多。

有它在，就如一個藏有《二十四史》、諸子百家等的圖書館，二十四小時都在爲您效勞，並且，隨叫隨到。

註釋

1 平凡社，一九一四年由教育家下中彌三郎創建，是一間以出版百科全書等教育書籍著名的日本出版社。一九六三年開始的《東洋文庫》叢書系列至今仍在出版，有著悠久的歷史。

2 丁聰（1916—2009），中國漫畫家，以創作諷刺性漫畫爲主。

家嫁有本難讀的經

到了該有的變無，該無的變有的如今，不知怎麼一回事，偶爾也會想起滿頭烏髮時看過的一部夫妻鬧離婚，下一代究竟判給誰很糾結的美國人情電影。原名應該叫《克拉瑪對克拉瑪》。如此玄虛的片名大概是爲了暗示這對夫婦雖曾同姓同床卻已異夢，是到丈夫克拉瑪對戰妻子克拉瑪的時候了。而中國大陸翻譯的《克萊默夫婦》，僅看片名似乎看不出這一層，覺得還是相親相愛的一對，還停留在但願永遠白頭偕老的情緒上。

夫婦同姓在西方是常識，其實，東方的日本也是。結婚以後，女方要變性，不，變姓，原來不同姓的男女穿上婚禮服便同姓了。這樣的習慣在日本有，但是，日本周邊的中原、韓國、香港、澳門、台灣等都沒有。

奇怪不？這就如那民歌裡唱的「藍藍的天上白雲飄，白雲下面馬兒跑」一樣，一群馬兒跑著跑著，突然獨獨地鑽進一頭鹿來了，很彆扭吧。於是，困惑的我在上文化比較課時，向一群馬和鹿一頭進行了一番責問。

先問驟然鑽進來的鹿一頭（日本女生）：

「妳以後結不結婚，或者結不結得了婚我不知道，要是結婚，會改姓嗎？」

鹿一頭答：「當然。」

「爲什麼？」

「不改姓，還算結婚嗎？」

同樣的問題也問馬一群（中原、韓國、香港、澳門、台灣女生）：

「願不願結婚由妳，但結了婚，不改姓嗎？」

馬群們異口同聲：「當然。」

「爲什麼？」

「改了姓，怎麼對得起生養父母？」

哇，馬一群對戰鹿一頭，鬥得難分難解，誰也不輸給誰，誰也沒輸給誰。正如同樣是圓圓的一個足球，法國隊與巴西隊風格就是不同。但是同屬東洋，皆爲黃皮膚、黑頭髮，爲什麼在東方唸經唯有日本唸法不同？因爲有鹿角？不，還是一個明治維新。眞是說不完的明治，道不盡的維新。

在中原等地生下來是張姓、李姓、王姓，至死也是姓張、姓李、姓王，這是自古以來源遠流長的父權制度所致，是以男性爲權力中心的社會象徵。而維新以後開始唱反調的日本，下定決心割掉了馬尾巴，變成了走上不歸路的鹿一頭，卽與傳統的父權制度唱反調「以家爲本」的道路。規定讓戶主作爲家族的一家之長，並具有充分的統率權限，由上而下，先男後女。戶主和家族承繼其一家的姓氏，妻子因婚姻得走進這個家才算成員。據說，這是參照了西洋法律而製成的民法。新的家庭由主夫主婦組成，正式承認新娘也是這一家的一個因子。有什麼好處呢？好處似乎不少：走出娘家走進夫家，從此安分守己不踰矩。或者說，旨在隔斷妻子與娘家的藕斷絲連，從此不再身在夫營心在娘家。

但是，說是割掉馬尾巴變成鹿一頭了，其實，並沒有完全割乾淨，有點似馬非馬，非鹿亦鹿之感。因爲此前的父權變成了此後的夫權，嫁來的妻子只能在夫家的指揮棒下跳舞。至於跳倫巴還是跳迪斯科，跳三步舞還是四步舞，全要看這指揮棒當天的情緒。

所以，夫婦同姓了，地位也不同了。丈夫可以做大男人、大丈夫，妻子說是主婦，卻有如小三，無權之外，還少利多責。

我在職的學校有一女同事，據說大學學的是數學專業，畢業後當了空中小姐。以後與白領的丈夫結婚後就辭職不幹了，然後，生兒育女若干年。孩子日長夜長，白領衣帶漸寬，昔日的空姐生活也游刃有餘起來。於是，開了一個不起眼的小公司，承接大公司的會計業務。但是還覺得板凳太冷，又來學校兼職，教很專業的會計學，兼帶相連的商業與企業之類的學問。在我眼裡這女教師是個除了有肚臍眼是全身的不足以外，簡直就是十五的滿月。

不過，女企業家也是人，也是女人，也是妻子和母親。早上出門，到了晚上也得回家。課上完，會計業務理清，還得回家接著加班燒晚飯做家務。所以，回家路上就開始抓緊時間考慮，今晚的飯桌上應該讓丈夫和孩子們來一個什麼樣的驚喜，是紅燒肉還是壽司，或者最受小兒子歡迎的炸豬排？她知道，在她回家之前，白領早已到家，他會先把冰箱洗劫一遍，然後，輪到兩個孩子再把冰箱橫掃一空，把該掏出來能塞進肚裡的都絕不留下丁點兒。三個人對冰箱眞是恨之入骨，每天在她腳還沒跨進門檻以前都要輪流實施一番「三光政策」。

年年如此，月月如此，天天如此。

女企業家到家門口了，把鑰匙塞進匙孔，然後輕輕進屋。只見房間裡電視機的聲音特大，不用猜就知道，是那個躺在榻榻米上，臭腳翹在椅子上的白領，白天在公司不出力，晚上回家也力不出。兩個孩子呢？各自在自己的房間裡正與電子遊戲機沒命地格鬥呢。

「我回來了」，她輕輕一聲。

但是，誰也沒在意。白領應該是聽到的，但是，裝糊塗。

女企業家哪有嘆息的功夫？沒辦法，繼續操練。燒好的開水總要泡茶，放在鍋裡的生米還得煮成熟飯。

嫁雞隨雞，家算老幾？

橫看豎看斜著看

大清早，還沒睡夠就得從床上爬起來，坐上擠得差不多能浮起身來的電車趕去打半天的工。然後再坐一小時的車去語言學校上課。

當年留學生時，這樣過一天又一天的日子描繪出僅屬青春的一幅素描。想偷懶可以不去打工，但不可不去學校。遲到？嗯，一兩次，老師會睜隻眼、閉隻眼。但是，多了就得捲鋪蓋買回程票走人了。

然而打完工，吃了午飯進校門肯定得遲到。所以，常常在餓著肚子上課，還是去餐廳塡飽肚子的問題上走鋼絲。有好心同學在一旁教我，去便利商店走一趟吧，包你能找到既不遲到還能吃飽的靈感。

還眞的找到了。

不費時，不用煮飯炒菜，只要在便利店的食品架上取下一個付錢，店員就會幫你揭開蓋子，沖進熱開水，等上三分鐘卽可食用。說不上塡飽，但能熱乎乎地、精神抖擻地走進教室。

從此不再爲難自己，也不用看老師的臉色，更不爲簽證提心吊膽了。多方便啊！所以才叫方便麵的吧。至今這一感慨好像還裝在口袋裡，沉甸甸地摸得著。與方便麵交上朋友後，漸漸地便留心到，其實這食品的稱呼不少。泡麵、速食麵、快餐麵、即席麵，概括起來不外乎方便、快速、可藏、能帶。

難怪端上餐桌半個世紀都過去了，依然只見粉絲增、未見銷售減。統計表上說每年能銷售一千億個以上，就是說全球居民一人一年吃十個以上還不夠這指標，還要再加二成才能在天平秤上擺平。

多麼走俏！

而類似的食品曾經在你我身邊滾著躺著的比比皆是，比如打嘴都不肯鬆口的粽子，比如脆麻花，比如讓人驕傲得頭頸往上一伸再伸的月餅都有其部分特性，但爲什麼沒哪樣能打普及戰、持久戰，而就這麼區區一碗方便麵卻有遍撒全球皆粉絲的趨勢呢？

嗯，托福於一個叫吳百福的台灣人。一時的人生倒霉之後，就靠著這碗麵重新在日本發跡發財起來。

那年吳百福四十七歲，銀行行長正當得行雲流水。有一天早上提著公事包去上班時，發現銀行大門已經緊鎖，此後個人的財產、地位，甚至連部下都被鎖住不能動了。眼前的榮華瞬間煙消雲散。

要是從此躺平……怎能躺平？躺平了，世上就沒有這碗麵的出頭機會了。吳百福沒有躺，只有平，以「食」平天下。

爲了這一碗開水一泡就能下肚的方便麵，從與錢打滾的行業敗陣下來後，走在與食打交道的江湖上來了。

此後的日日夜夜，孤寂一人躲在家後面的小屋裡整整一年，每天只有四個小時的睡眠，失敗的次數不下五千次。沒有研究室，沒有試驗台，沒有像樣的數據，有的就是從周圍的生活常態裡有意無意看到的，然後取爲己用。

比如泡上開水就能有滋有味地下肚的靈感，是從凍豆腐上的「千瘡百孔」裡找到的，方便麵上不也空隙多多的嗎？就是便於飽汁飽味。

看見太太在廚房裡做天婦羅，將蔬菜、魚蝦類在麵粉漿裡拖一下，放入油鍋裡炸透、炸脆，入口香脆，將此方法改進後用在方便麵裡，竟能在超市的食品架上長期佔位卻經久不腐，保鮮保味。

眞是老話說的，情人眼裡出西施，有心人眼裡所見盡是能讓心情變好的風景。無數次的失敗使他練就出不僅橫著看，也能豎著瞧，更能斜著凝視的一雙眼睛，所以，既不有眼無珠，也不盲人摸象。

由水漉漉的湯麵變成了任何時候任何地方都能立卽食用的方便麵，日清食品公司從此在這一碗麵上站了起來。人到中年的吳百福，本來只想靠自己的手，憑自己的勤勞打天下，從沒想到要靠運氣。然而，運氣居然相中了他。

正當他發明了這便宜好吃方便衛生不麻煩的方便麵，還無力登廣告、知道的人也不多時，東京附近的深山裡發生了一件特大的綁架人質的「淺間山莊事件」助了他一臂之力。

爲了萬無一失和以最小的危險値來營救人質，幾百上千的警察在零下十五度的冰天雪地裡圍堵了近十天。全國上下的眼睛都緊張地盯著二十四小時直播的電視，收視率幾近九成，現場的一舉一動都在衆人的眼皮底下。

警察、搜索人員也是人，時候到了也得吃喝拉撒睡。事件的進展當然牽動著每個人的心弦，同時，在這沒有商店，沒有食堂，沒有暖氣的飄飄飛雪中，他們怎麼熬過？人們時刻掛念著。

開飯的時間到了，現場上人人手捧一碗熱氣騰騰的食物在用餐。

奇怪！無數個電話打向電視台，詢問那是什麼特異食品，得到的回答是「吳百福的方便麵」。一時，冷落在超市、商店裡的這一有如茶杯大小的容器裡裝著的食物瞬間供不應求。

自那時開始，方便麵一直熱銷了半個世紀還未見反胃。理由是平時可吃，應急可用，還可儲備防災。

百福老先生眞百福，活到近百的九十七歲才幸福地離去，他帶給世人的福氣何止百，是千，是萬，是萬萬千吧。

一則不僅僅是一碗方便麵的故事。

江戶漸現花香時

年初的一、二月，該上的課都上完，該考的試都結束，該打的學分也都糾結清了，留下最後一道假期作業：該與拍拍屁股開溜的昔日同事揮手言別了。他們要去新的開墾，闖新的路途，找新的天地了。

於是，寒假便是歡送會開得挺歡挺歡的季節。

與其默默祝願，還不如聚上一次，喝上一杯。作爲下酒菜，可以把以前芝麻綠豆大的小事，已經丟在腦後的過去再拾起來，重新啃一次、嚼一遍，聊個天南地北雙飛客。然後，醉眼朦朧中，雙手緊握雙手，有緣的此後還會再聚再敍，無緣的，道聲珍重也是理。

「江國正寒春信穩，嶺頭枝上雪飄飄」，唐朝詩人對這個季節寫過如此評語。暖上幾天，又驟冷幾宿的如今，正有一枝紅杏出牆來的徵兆，雖然還是微微，雖然依然惡寒。

所以，也是個出門容易穿衣難的時候。穿冬裝還是著春服，是要費一番腦筋的作業。不是嗎？這季節就連天氣預報，也常把當日氣溫報得支支吾吾。穿厚點的吧，坐上地鐵，或者走進房間就覺得暖得要出汗，外套拿在手上當擺設；穿薄點的吧，晚歸時，抖得一路小跑往家趕，一個不下心還會著涼感冒傷風，鼻子拉風箱拉得周圍避嫌三舍。爲難到最後，還是穿上大衣出門。

今天的聚會在新宿，一個大家都來去方便的地方。餐廳預定的也是能感受這個季節的菜餚——天婦羅。

都說和食的精髓是生魚片、是壽司，其實還有天婦羅，外加咖哩飯。

在東京吃生魚片，就如零食堆裡順手揀塊巧克力往嘴裡塞似地不費力，連極不顯眼的餐廳都能有較全的菜單供你挑選，而想吃壽司或者天婦羅的話，最好還是去專門店，相對能品嚐到正宗或說是像模像樣的味道。

所謂天婦羅，說得通俗點吧，就是類似於上海人家的麵拖油炸魚蝦、蔬菜之類。阿拉上海人[1]，都是聰明人，憑空也能想出這樣的菜，就不用多講啦。不過，天婦羅據說最初自葡萄牙傳來，而吃時邊上一碟專爲蘸天婦羅用的醬汁和蘿蔔泥是日本人的專利，有如生魚片一般是要蘸上芥末吃一樣。

在新宿就有那麼一家快百年的老字號值得推薦。門面極一般，說它有點像破落戶興許更接近原生態。坐落在這領導新潮流的新宿街上，讓你有穿過時間隧道去追尋三四百年前老江戶的錯覺。

入席坐正。點上幾樣時鮮的蔬菜，時鮮的魚，然後，要一壺燙熱的清酒。和你眼前這些如今還是同事，轉身就成朋友的人悠悠地吃、悠悠地喝、悠悠地談，氛圍便漸漸四起。

先上桌的是海之味。

那剛從油鍋裡炸出來的鰺魚和條蝦，滾熱的，上了桌還在吱吱作響，微黃不焦。油是上等油，蝦是活蝦。而鰺魚呢，形狀有如比目魚的微型版，東京灣周邊的海裡有。雖是油炸的，但是，不膩。撒點細鹽在上，然後，送進嘴裡，只聽到悶聲地「喀嚓」一響，隨之便是香、酥、脆、嫩的共同體。此時，你一定不想說話，任由嘴的蠕動，去享受，去感覺，去品嚐。

接著，小竹籃送上桌來的是早春的氣息。幾片青葉，幾根嫩莖，一小朵略帶羞澀的菜花，乳色的嫩頭，經微微一炸，更顯綠的綠，黃的黃。

不知是什麼蔬菜，便問正在油鍋旁忙著炸天婦羅的廚師。他咕噥了一聲，但沒聽懂，於是，又見他找了一枝筆寫在紙上，見是「款冬」二字。

噢，知道，知道。張籍的詩〈逢賈島〉裡不是有：「僧房逢著款冬花，出寺吟行日已斜」嗎？

是那款冬花？吃那做什麼？苦苦的。

就是要那苦味，他答。

越了冬，耐過寒，終於……春，就在這款冬花的苦味裡呢。

當然，不可多吃，只嚐嚐，他關照。

吃時，或蘸點醬汁，或撒點細鹽，送進嘴，感受初春的菜花香，從舌尖上尋找還遙遠的春信。

喝上一口淡淡的清酒，朦朦朧朧環顧四周。

門口掛著的那塊舊舊的藍布暖簾時不時在飄動，並不摩登的木製桌椅，桌上鋪著的是印有淺淺的、細細的，花紋似有似無的和紙。還有那菜單上用毛筆字寫就的菜名、價錢⋯字體樸素、端正、優雅。牆上貼著的是一幅紅富士，好像老江戶、浮世繪師葛飾北齋的拿手把戲。但是，千萬別誤會眞是出自他之手，否則，請二十四小時貼身保鏢爲這畫站崗都不一定保得住，這破店怎請得起？

整個店堂就是印象中的古裝戲——歌舞伎裡那遙遠時代的一線縮影。一個窗外還有點點殘雪散見的夜晚。

註釋

1 阿拉，在吳語寧波話和上海市區話中，第一人稱代詞「我們」和「我的」的意思。因爲這一詞彙在寧波話和上海話中很典型而且知名，媒體常以阿拉一詞來指代寧波人或者上海人。

人，生來自然？

1

小哥叫餘一，光看這名字好像也能看到不少潛在的故事吧？

其實，沒有。

因爲還沒來到這個世界之前，小哥的父母就覺得他多餘，怎麼也不情願生他下來。而小哥呢，纏著吵著、日長夜長要從娘肚子裡出來，無奈。沒見給他取的名字嗎？便能說明一切，餘一，多餘，就如西北風一刮，落葉嘩嘩落下一樣，無一不多餘。

餘一小哥生於偏僻，長於山裡。幼兒園、小學、中學都在老家的青森縣度過，此後也沒離開過老家一步。青森在哪？說實在的我至今還沒去過，暫時也沒去的打算。不過，一到冬天，嘴有些乾，舌有些燥想吃蘋果時，才會想起有那麼一個遙遠的地方，那地方的蘋果又大又脆，蜜甜而水淋淋。即使如此，我拿工資的學校裡，每年從青森考來東京上學的不少，但自豪地談起故鄉的不多。冬天，天氣預報報導那地方的下雪量都不是以公分，而是以公尺爲單位來計算的。

那些學生上京以後，與我一樣，把浪子回頭的念頭隨手丟在了老家的哪個角落裡，然後在東京或者東京附近就職、結婚、生子，都甘當一名青山到處埋忠骨的典範了。而餘一小哥不是。

生下來就知道自己很多餘，是過客。便知趣，與人不爭，與世無求，與自然和睦。因爲這塊土地近望是綠野，遠看也蔥蔥，所以自小最親近的還是大白然。如今不僅不惑之年，還奔出一兩步了，依然出門怕踩到螞蟻似的走路小心。

卻說，有緣千里來相配。就是這麼一位不遠遊、戶不出的小哥，居然就在家門口揀到了一個想找他託付終身的小妹。小妹來自遙遠也偏遠的北海道，所以，在偏遠上，或說在與大自然有親近感上的兩人不謀而合。於是，兩年多前，小哥和小妹打算結婚成家了。

在這偏僻的鄉下，再窮，土地還是有餘的。小哥要結婚成家，便向父母要了一塊多餘的土地，與未婚妻自己設計自己建房，打造出一間只差幾分就能得滿分，稱得上是全套木製的愛巢。除了房樑和鐵釘無法親手打造，其餘都由小哥一手操辦。所以，建築費：十三萬日元。這金額差不多就是一個靠吃政府補助才能活下來的人一個月生活費吧，要是剛進公司的小白領，月薪還不止這數字呢，居然靠這點錢蓋起了棲息安居之處。

有了由自己的雙手築起的新房，於是，安心地走上了與世人一步不離的道路，結婚、成家、生子的三部曲，亦步亦趨。如今有一個一歲剛過的兒子，三口之家。

奇怪的是，日日生活，月月活著，每個月的收支簿上：

電費：零元。

水費：零元。

煤氣費：零元。

2

究竟這一家是怎麼活著的？當今這世上，沒錢還能裝窮，沒水沒電沒煤氣可不好混。然而，小哥、小妹，外加小寶貝活著，甚至還活得有模有樣。

電，用的電是由自家裝的太陽能發電而來，電燈泡之類選最節能的LED。

水，生活上用的水是院子裡冒出來的，而要喝進肚裡的，院子裡當然沒有，那就辛苦小哥小妹輪流去有一段距離的地方挑水了。那地方有當地的名水，即使喝生水也絕不會拉肚子。

煤氣呢？那是城裡人的偷懶，小哥家用不著。鄉下到處都有可作燃料的東西：枯枝、枯葉，不再需要的廢木材都是源泉。而且，小哥用廢鐵桶製成的導彈型爐子特別管用，火力大不算，省燃料才是第一選。

再說，日常生活中的小哥可是樣樣拿得上手，蔬菜自己種，連喝的茶也是自製的。家裡安頓完以後，還要去外面，一家的財源都是靠小哥幫周圍方圓的人而得來的報酬。

既然果腹解決了，如廁也自己解決吧？

對，自己解決。且說城市那些完全自動，一條龍服務到底的那些玩意兒當然舒服，只要坐上去，就能爲你消除難聞氣味，幫你沖洗乾淨。然而，費用太大。

小哥的呢，免費。坐蹲的地方，上面木製，下面舊鐵桶，液體管液體流，固體歸固體堆，這樣分離開來以後，能保持乾燥狀態而不出異臭。順便提一下，小哥家的手紙也是自家用樹葉製成的。

一幅看似陶淵明、白居易式的田園風景，卻類似於北京猿人的原始、簡陋，城裡人一定會在內心這樣嘟噥。

當然，這是小哥家的生活方式，與他人無關也有關：處處與環境協調，不傷害、不給地球負擔。利人也利己，所以，每月的生活費維持在四萬元日幣。

這數字是怎麼一個概念？請想起某國總理曾公開爲那些住不起房、買不起糧的社會底層之人呼籲時說的人均收入數字吧，與之相比，餘一小哥的可要多一倍，但是，維持的是三口之家的生活。

攤開他家的每月收支帳是這樣的安排：

伙食費兩萬五，泡溫泉四次約四千，手機費三千，外加汽油費七千。光有伙食和溫泉，也許是陶淵明的再版，加上手機和汽車才顯出現代的氣氛，小哥覺得。這並非與世隔絕的田園生活，不，原始生活，當然是夫婦倆共同構思出來的日常——華麗的貧窮，不方便的舒適，數位與往昔並存。

楚雲悠悠小江戶

在地圖上查的話，東京應該在「關東」，而大阪、京都和奈良屬「關西」，東京以前叫江戶。

有史以來，政治這塊私有田都是被關西那一帶包下來種的。但是，自從石頭縫裡蹦出來一個叫德川家康的不三不四，不講規矩的人物以後，可就不再管那一套了。德川家康在上司豐臣秀吉死後，就一心想自己做大。對此信奉「老子英雄兒好漢」這一套的豐臣的部下都覺得，將軍的寶座應該屬於豐臣的兒子而非家康，於是，雙方便在日本的東西劃界線上的「關原」那地方擺烏龍陣開打了一天。當時，天時、地利、人和都對家康叫板說不，然而最後還是他笑了，至於是最後一個笑，還是笑到最後一個，不得而知。

此後，家康開墾了「江戶」這塊處女地，還把關西的皇親國戚、御用文人、御用商人，瓶瓶罐罐都搬到關東來了。從此，不管京都人怎麼抬起昂貴的頭、嘟噥著京片子說不願意，也只是拔了毛的鳳凰，當作擺設的空架子。這眞是：自從家康開天地，關東風流代關西。

把正房大奶晾在京都鄉下，將江戶這個小三地位扶正，一個寧爲雞頭，不爲牛後的時代到來了。不過，從我馬後炮的歷史觀來看，家康雖然嘴硬吵著與京都分家，但是在禮節上還是頗軟的，京都還是依舊叫京都，千年不變。別看京都京都，又是京又是都的，其實僅僅半斤八兩差異的兩個漢字，還不如叫雙京，或者雙都，重京或重都更顯得喜慶連門呢，我想。

而那時的江戶呢，不過江湖而已，與京都比，僅屬草莽之輩，所以未敢稱都。卻說，又過了無數年，因爲幕府的衰退，在很「明智」的維新之後開始近代化，於是也公然不把京都這有如滴在朶雲軒信箋上紅黃濕暈的月亮，敬老似地當太陽了。江戶某天早上在擦去眼屎後，就突然號稱起「京」來了：東京，東面之京。意在不亞於西面的京都，而且，德川的末代將軍更識時務、不流一滴血讓賢而退位，把將軍府江戶城粉刷裝潢一新，改成皇居，讓天皇盤踞至今。

看官您一定在嗤鼻，這不過是換藥沒換湯，換藥沒換罐吧？哈！這可不是把同學說成童鞋，美女唸成黴女的那點玩萌的把戲，這一換具有易姓革命[1]的功效，是換掉吃不死也醫不活的中藥，而改成一針就見血的手術刀。

新生的東京在脫離江戶的羈絆之後便開始狂奔起來，日夜吞吐著世界的最新潮流。看！洗手間和 Toilet 居然在同一個屋簷下，旅館與 Hotel 不分敵友地共舞起來。這感覺就是當年木心[2]走近生他養他的烏鎮時說的類似：是終生最熟悉的地方，而除方言沒變，其他一無是處。

東京了，旭日升起。昔日的月亮早已沉了下去，但是昔日的故事還遠遠沒完，也不可能完。那些穿著和服、拖著木屐的遺老在心酸腸斷淚滿襟的同時，還不忘悄悄地把當年江戶的面影播向四方。所以，此後的東京周邊，即老江戶的周邊有如雨後春筍般地出現了無數的小江戶。其中的一個就在叫川越[3]的地方，離東京僅三、四十公里，距離就如上海前往崑山，從虹橋上車，撅一撅屁股就到了。

氣爽，心情也佳的秋天，去那裡閒逛了一日。

註釋

1 易姓革命是指一姓王朝通過暴力革命，推翻另一姓王朝來建立新王朝。

2 木心（1927—2011），本名孫璞，字仰中，號牧心，浙江烏鎮人，中國畫家、作家、詩人。曾旅居美國多年，晚年回到故鄉烏鎮，烏鎮現有木心故居紀念館和木心美術館供遊客參觀。

3 川越離東京市區搭電車不到一小時。

青木正兒的饞嘴

1

有趣的是，他的研究始以李白，終也李白。最後一本李白詩選譯註剛寄往出版社的那天，連跟家人打聲招呼的時間都沒有就匆匆走了。與詩仙相仿，「酒」了一輩子，甚至在不知酒字怎麼寫的頑童時期就偷其父的酒喝了。

這學者就是青木正兒（一八八七—一九六四），而我常錯念成鐵木眞兒。不僅李白，元曲研究的作業也很出色，曾當著元曲第一人王國維的面指正其大作中的錯誤，後者不由奉送著作一本以示敬佩。

我是讀到他的《隨園食單》（袁枚著）日譯本後才知其大名的。詞語的轉換有時要比年輪快得多，幸虧他的研究調查，讀原著才行雲流水似地易懂。

青木很饞，不用說我輩也饞。所以，常會撸開那些專業、冷門而不顧，喜讀他用那副饞相談食趣、酒趣的文字。才知與我不同，這饞嘴的饞，不在大魚大肉或山珍海味，而專注於廉價小吃。

留學北京的那一年，早餐香片[1]一杯，餅一個。香片不變，而餅天天變，說百吃不厭的是燒餅。也盛讚糟蛋[2]、醬豆腐，北京鄉下裝在籠子裡有拇指大、翡翠色的醃黃瓜……絕！深知酒食三昧。

他總把「眉毫不如耳毫，耳毫不如老饕」的老話掛在嘴上。眉毫、耳毫皆長壽，但都不如飲食的享受，壽命誠可貴，饕餮價更高。這位漢學博士確實身體力行了。最終陽壽七十七，不算少，但也不多。

可貴的是在饕餮中原大江南北的下酒菜後，留下了多本筆跡。

滿載著酒和酒鬼們奇聞逸事的《抱樽酒話》津津有味；談下酒菜的《酒之餚》從蟹、橄欖、鵝掌說起，連傳說中的夜光杯、盜酒的掌故都成下酒菜了；《華國風味》繼續談酒道食，酒要下酒菜，下酒菜得有酒。

他順手還著述過一本以陶淵明、李白、白居易爲中心的《中華飲酒詩選》，一罈、一罐罐的詩是當然的，吃驚的是竟然把名不太見經傳的于鄴、權德輿也從酒罈裡拖出來，送上了詩壇。

一個眞功夫的大饞嘴。

2

細細品玩這些下酒美文，發覺其實談酒論食僅三分，而七分專注在酒食背後時隱時現的中華文化，摘幾處與您共享：

「饅頭」是日常飯桌上的常備品，饞嘴卻挖到了本源。相傳語自諸葛孔明。當年率軍南渡瀘水以討孟獲，征途中突然狂風大作、烏雲密佈。當地人告知是戰死者的鬼魂在作祟，需獻上四十九個人頭當祭品才會平安。諸葛亮不忍犧牲部下，傳令殺牛宰羊剁成肉餡，再揉麵蒸，做成人頭模樣充作祭品。所謂饅頭，蠻人之頭是也。

此後，我也查了一下，方知北宋《事物紀原》，明朝《七類修稿》均有記載，可見饞嘴讀書之廣。

「筷子」，祖先最早稱作「箸」。

吃飯用筷子就如開的車有四輪一樣是常識，但若以爲古時也是四輪就錯了。四輪之前有獨輪、雙輪、三輪，而用箸之前，則有禁箸之規。語出「無禮義，則上下亂」的《禮記》，《禮記》裡明文規定「飯黍毋以箸」。

那麼，那時吃飯用什麼？手或匙，之後至少在唐朝還在用匙而非箸。饞嘴在唐詩裡找到薛令之「飯澀匙難滑」，缺牙的韓愈有「匙抄爛飯穩送之」的詩句佐證。

由此他還考證出不用箸的緣由。黃河以北主食是無黏性的黍、粟、豆之類，用箸不便；用箸應在明朝之後的南方，稻米有黏性，合適用箸。

饞嘴提醒說，如今「餌」是「誘」的代理，而古時卻是麵食的一種，《說文》的解釋僅三個字：粉餅也。麵食分爲餅和餌兩種。餅以小麥爲原料，如餅、麵、饅頭；餌呢，原料是米、黍、粟和豆，卽麥以外的穀粉，糕糰之類皆是。

還有一種「糗」的食物……眞可謂勝讀了十年書。

饞嘴那不淺的功夫何止於此？

還時不時地說漏嘴，竟稱街面呈灰色的揚州已經不再往昔，有如白粉剝落的寡婦;北京呢,像糖葫蘆,看上去土里土氣,吃起來卻清爽。

吃完喝完,打了幾個飽嗝後的饞嘴聊起中原藝術的特點僅三個字「如韭菜」。品嚐燕窩或魚翅之前,舌尖先要對美味備有銳敏的神經,他說,人都說韭菜味臭,而中原人感覺有增進食慾的芳香,進餐時不可或缺,中原藝術之優也在此。韭菜一筷子入口,其味妙不可言,美感、快感,大概門外漢難以感受。

饞嘴由此而延伸,言及國民的天性,稱韭菜以外,還要加大蒜才能表現其利己而樂觀的特徵,內外有別,人己分明。

若韭、蒜與人,自己不吃而旁觀,覺得刺鼻難聞;若韭、蒜與己,自己吃時,覺得噴香而美味,此時要是在乎他人微言,就難以享受美味,那有多痛苦。折衷之下,自己不吃而人吃,聞到撲面而來的臭味時,說聲「沒辦法」;要是人吃自己也吃,皆大歡喜,道聲「彼此彼此」即可。

湊合著點過吧,饞嘴覺得,無風也不起浪,才是最佳境界。

註釋

1 花茶俗稱爲香片，是中國特有的再加工茶。製作香片時，會使用一層茶葉、一層花瓣，交錯的方式堆疊，當茶葉吸附了花瓣的香氣後，再換上新的花瓣，重複幾次即可把花瓣挑掉，留下萃取滿滿花香的茶葉。

2 糟蛋，將新鮮鴨蛋或雞蛋用優質糯米糟漬而成，是中國的特色傳統美食。經過糟漬後，蛋殼脫落只有一層薄膜包住蛋體，其蛋白呈乳白色，蛋黃爲橘紅色，味道鮮美。

不帶問號的牛舌

1

仙台，日本東北地區一個觀光的好去處，不僅有三大美景之一的松島、芭蕉走過的《奧之細道》[1]可逛，附近還有另一個世界遺產的優雅庭院平泉值得去。

不過，怎麼說都得提一句的是仙台牛舌，以其鮮美、肥厚而誘人舉國聞名，到了仙台不嚐嚐牛舌就等於沒去過。

三寸不爛之舌是指能言善辯的人，而牛可不是，有長舌卻默默無言。而且，仙台的牛舌估計不止三寸，很長，嫩而不爛，吃下的是草，擠出的是奶，這評語不知是誰曾說過的，可見牛不喜張揚。

而牛舌店不行，不張揚就得蝕本。君不見滿城皆牛舌，不，牛舌店？無論歷史悠久的老街、歷史並不悠久的新街，舉手拍手迎接遠方客人的是牛舌店。而且，是牛舌店都很自覺，必定貼著一樣的「專賣仙台牛舌」的招牌。不爲什麼，在大上海買小月餅不也一定要看清「杏花樓」[2]三個大字嗎？

且說，我一心要奔仙台，其實仰慕什麼都是假的，不多不少就那麼一個字：饞！想用自己的小舌頭感受一下厚厚實實的大舌頭滋味而已。

牛舌有各種吃法：烤、燉、炒、煮，甚至還有，生吃。滿街盡是，逗得你不知去哪家好。每家都說自己是幾百年的老店，正正宗宗的仙台產，簡直就是錯過他這一家，從此不會知道好吃是什麼味似的。

因爲心裡吊著的價廉、物美、仙台牛這些秤砣，要與牛舌店那桿秤盤上的牛舌保持平衡，所以，走了一家又一家，越走越不知道該跨進哪家店門才好，越比越難分清哪種吃法最佳。

選到最後，肚子咕咕地抗議，腿腳酸疼得叫喚，於是，心一橫，哪家都行，只要馬上送到眼前，塞進嘴裡就行。

這不，前面一家明碼標出的價格表貼在門外，門前排著估計等五、六分鐘卽可進的隊。心想這樣的店卽使上當也不會太慘，比起店堂裡空蕩蕩的，至少在味道上不會讓你吃完還在哀聲後悔。

吃後感？不虛此行！

的確好吃，又嫩又厚實，還……一盤下肚，湧上來滿滿的充實感。

不瞞你說，仙台以外的牛舌店去過不少。店員端上來放在面前盤子裡的，好像不是牛身上長出來的。薄！薄得只有那麼一兩張紙疊在一起的厚度，功夫相當了得，不過與仙台比，只有寒酸二字可言。

走出餐廳，見餐廳外還有不少人在排著隊等著。心想，仙台，眞牛！牛就牛在唯有牛舌默默無言。

心滿意足地坐上回東京的新幹線時，腦裡盡是牛與牛舌的效應，於是，順手掏出手機想查一下，既然仙台有如此多的牛舌店，一年的產牛量應該是天文數字外加幾個零吧。

但是……據仙台權威媒體發布的數據看，名產仙台牛前幾年的銷售量，年年徘徊在八千頭左右，最近努力又努力，已經超過一萬頭了。

一年一萬頭牛，也就是一萬條牛舌。加減乘除一下，三百六十五天，哎唷！一天最多不過三十來條牛舌？而仙台城裡可不止三十家牛舌店喔。

莫非我去的那家價廉牛舌美的餐廳裡吃的不是牛舌，是豬舌？一天只有三十來條的牛舌會有我的份嗎？

仙台牛名貴，絕不會在一個地方發力。一年一萬頭牛，除了在仙台市場上消費，更要運往全國各地，以致全球。有名，才名正言順地一路直送高級餐廳、一流賓館，而不是名不見經傳、連我也能挺胸挺肚地往裡走的「專賣仙台牛舌」小店吧。興許是由外地牛郎牽給仙女，不，牽到仙台來，報上仙台戶口，然後就是仙台產牛舌了？

面對我問，下肚正在消化的牛舌依然默默無言。也許它覺得不屑一答：一頭牛一生也就一條牛舌。

結論：大飽口福的是牛舌，以自己的舌尖保證，但不一定是仙台的牛舌，有仙台的官方資料作後盾。

結論之外：看破眼前這一事實的，世上唯有我一個？

2

由仙台牛舌而想到，世上之事常常驚嘆號多，問號竟少。

比如，小學課堂裡第一次學到「赴湯蹈火」這一成語時很生疑。咦，湯不是每天盛在飯桌上的那個大碗裡，供全家老小喝的嗎？奔赴戰場時，爲什麼先要跳進湯碗裡？跳進去幹嘛？且，跳得進嗎，這麼一個碗？

但是，漸漸長大後，也就把這疑問墊在湯碗底下，與親朋好友美滋滋地喝起湯來了。

又比如，人類、獸類、植物類共同生存的地方，即地球。腳踏實地的祖先早知是一個很大很大，大而無邊的球，所以起名叫地球。而如今的科學進步早告訴地球上的住民，球的表面百分之七十以上爲水，陸地不到三分之一。

是否應該把地球改成「水球」才更事實一點呢？

3

劉禹錫在蘇州任刺史，與曾任司空的李紳交好。李紳邀他飲酒，還請了歌伎卽席作陪之事，讓書呆子的詩人不覺瞠目，便有了「司空見慣渾閒事，斷盡江南刺史腸」之句。此後，司空見慣以指常見之事不足爲奇而列爲成語。

我是否也該學學牛的默默，牛舌的無言？

註釋

1 奧之細道爲日本元祿文化時期，著名俳人松尾芭蕉的一部遊記和俳句集。

2 杏花樓是上海的一家傳統餐飲、食品加工名店。始於一八五一年，屬於海派粵菜館，以製作廣式月餠著稱。

衆裡尋他千百度

漸離漸遠的二十世紀，要論不可或缺而又神祕不測的人物大概非王國維（一八七七—一九二七）這位大學問家莫屬了吧。

以那本至今都覺得水靈靈的《人間詞話》爲始，把近代式的思想、史學、考古、美學等豐碑式的財產留在了身後，自己自覺地爬進頤和園裡的昆明湖投水時，剛五十歲，不，還差一點點。成了當年的熱門話題。之外，世人對他的爲人、爲事知之甚少。

不過，在異鄉仰慕他的學者始終未斷。比如京都大學的學者青木正兒（一八八七—一九六四）就是一個，契機是元曲的研究。這樣說搖滾樂觀衆一定不服氣了，就這麼簡單？我是崔健的大粉絲，想打他的手機怎麼比登青天還難？

是的。青木好運，竟然有過多次拜訪王國維的機會，當然最初是由恩師、敦煌學者狩野君山作的仲介。

第一次·京都初遇

那年，辛亥革命，王國維陪同丈人羅常培匆匆來京都避難，此後一住便是五年。剛從北京考古回來的老師告訴了年輕的青木這一消息。

青木按著門牌號找上了門。隨後，一個拖著辮子，睡眼惺忪、說話口音很重的鄉巴佬從樓上走下來是第一眼的印象。辮子！那時代在中原很平常，但在日本卻新奇。辮子讓客人進了靠門邊的那間有六帖大小[1]的會客室。室內除了線裝本以外，還有幾本英文書，以爲都與戲曲有關，其實是沉悶的哲學書。

初遇的兩人一個寡言，一個言寡，之間的對話如打太極拳，這裡不去那裡不來。問，讀過莎士比亞嗎？精於戲曲的辮子說，沒有。問及看戲，答不愛看。又問音樂，同樣搖頭。但推薦清朝學者吳穎芳的《吹豳錄》裡有對音樂的精湛論述，值得一讀。

大學剛畢業、正是班門弄斧年齡的青木挑出辮子所著《曲錄》裡把〈西廂記〉歸檔在傳奇裡是否不太得當？辮子自覺有誤，當場點頭稱是，上樓取下一本出版不久的自著《曲錄》和《戲曲考原》合刊贈送給青木以示嘉獎。

擅長厚實考證學的辮子，可以活在任何時代，就是不在現在。初遇後，青木對他無視藝術之韻微覺失望。

沒幾天，辮子不意來青木住的地方回訪。從邊門進屋後，眺望庭院並讚揚說：日本的住居蔥蔥綠綠都是樹，實在不錯。又見辮子的目光落在了和樂「淨琉璃」[2]的書上，便馬上想邀請他去聽此中的流派「義太夫」的樂曲，沒反應，作罷。又請教辮子有關元曲種種，辮子的回答如打電報，或短，或不見下文，枯坐。面對眼前的這位大學問家，青木在元曲上有很多問題想舉手請教卻不知從何問起。

也難怪，辮子來京都是爲協助丈人羅常培的金石古史研究而來。作爲與戲曲緣分的清算，他的鼎力之作《宋元戲曲史》在京都居住時成書出版，以後轉向史學、哲學。那是一九一二年，青木二十五歲，辮子三十五歲，風華正茂的年齡。

第二次・上海再逢

已是大清走進民國十一個年頭的一九二三年。任風雲怎麼變換，辮子還是辮子，拖辮子等於親大清。而旁觀者的想法卻在變化。

第一次見面時，時代還像個晃蕩著的鐘擺，一會兒是大清，一會兒是民國，迷茫中看辮子，辮子不過辮子。而再次看到吊在腦後勺的辮子就有一種不可思議的感覺了，青木說，又大又粗毫無顧忌地在眼前晃動著。

那次造訪是在他上海的書房裡。兩人正談著時，有人來喚他。辮子暫時離席正朝外走去，青木的視線跟隨，驟然覺得那腰間似乎晃動著一條尾巴。那天，辮子穿著一身灰色長袍，纏著腰帶，活像一個剛剛從古畫上走出來的古人。

第三次・西山探幽

青木在北京留學。有一次逛完西山的歸途，順便去清華大學校舍拜訪辮子。

辮子依然，晃蕩依舊。

知道青木去西山遊玩後辮子感慨，至今還不知西山在哪。

自在這裡住下來以後，一次也沒去過北京城裡，辮子加了一句。大概是一切王朝興廢之際的古賢之風吧，青木如此解讀後感嘆，既有尊敬之念又有惻隱之情。不過，多少古往今來的聖賢都曾一再告誡後生：讀萬卷，行萬里，辮子您連所住的四周都懶得走動爲的是哪般？

「來北京後在修什麼？」辮子打破沉默，問。

「想看活生生的戲劇表演。」「還有，是在拾些先生的殘羹剩飯。因爲元朝以前的戲曲史，先生的大作裡已經齊備，所以想作點明朝以後的作業。」

「我的著述當然毫無趣味，而明朝以後的戲曲也沒有意思。元曲活著，而那以後的戲曲都已經死了。」辮子冷冷地說。

這回青木有些不服了。元曲是活文學，其地位巍如泰山。但不一定能推論出明清的戲曲就是一泓死水。要是僅僅論及詞曲，明清的確只因襲套路欠缺生氣，難以與天籟般的元曲相提並論。然而從一齣整體的戲來看，不一定比元曲欠缺色彩。

青木於內心發誓：要用新體系和方法去開拓新領域，讓先生您看看。此後青木於一九三〇年問世的力作《中原近世戲曲史》補全了辮子《宋元戲曲史》之闕，理清了明清戲曲的路程。而那時，辮子投水已經三年，無緣了。

註釋

1 日本格局常會使用榻榻米大小「帖」，作為表示房間大小的面積單位。日本一般房間大小約介於四帖至九帖，其中六帖最為常見。

2 淨琉璃（Joruri）是一種日本說唱敘事曲藝，通常使用三味線伴奏。淨琉璃起源於中世紀末期《御伽草子》其中的《淨琉璃十二段草子》。

蹭讀

1

十多年前，一次與友人小酌，閒聊他剛過世不久的叔叔，因這叔叔與我也有過一面之識，一起喝一杯帶點緬懷之意的同時，便有了如下的對話：

叔叔不打高爾夫球、不買彩票、不喝酒，一生幾乎沒什麼愛好。還因爲沒孩子，所以樂趣就是買書，然後藏書。

一定讀書破萬卷吧？

搖頭。

良久他補了一句：買書藏萬卷，每月的工資至少有十分之一花在了買書上。

那是想讀才會買。

最初大概有過，這份心就貼在他的書架上。電氣工程師平時與枯燥的開關、電源、電器之類打交道，爲了彌補這一不足，買的盡是文學、藝術和歷史。

後來呢，總不會光買不讀吧？

可以這麼說。我家就在隔壁，小時候常去借。一排接著一排，就好像書店裡的書架原封不動地搬到他家裡來了，排得整整齊齊不說，幾乎都沒有翻閱過，嶄新、飄著油墨的香氣。

一排排，看上去心情一定很好。

大概很好吧，對藏著那麼多書的叔叔來說。但是，人的心理很奇怪，自己放著不看，放多久都不在乎。我去借，叔母當然也借給我。臨走時總千叮嚀萬交代：別弄髒啦，小心撕破了。最難忍耐的是，不到一兩天，叔叔就讓叔母來催討，眞是。友人搖頭，啜了一口酒入肚。

那麼，現在叔叔走了，那些排到門口的一屋子書怎麼辦？

嗯，成了叔母煩惱的種子，天天埋怨。既然放在家裡沒人看，又佔地方，不如讓舊書店來收購去。舊書店來了，報的價讓叔母目瞪口呆地價廉。嘆道，這樣處理掉了，在天之靈的叔叔肯定會天天掉眼淚的。

猶豫又猶豫，現在還不知該怎麼辦。

我和友人暫且酌酒，無語。

2

自那以後，我再也沒買過書。算前車之鑑，也為省掉身後的斷捨離。如今，說家徒四壁有些過頭，但也差不多，幾本工具書還是擺在了手能摸得到的地方。除此之外，不買、不藏、不讀。

不不，不買、不藏，但不一定不讀。

友人叔叔之例令我悟到清朝讀書人袁枚說過的那句話：書非借不能讀也。讀書不必藏書，藏書不一定讀書，哈哈，莫名的二律背反[1]。

近年借書讀是我的新常態，並美其名曰：蹭讀，與蹭吃、蹭喝一樣，書可蹭讀。

小時候家母訓兒的口頭禪是：別把石頭往山上背。再低的山，再高的山，或者哪怕人工砌起的假山都由岩石構成。既然如此，何必還要累死累活地背著石頭往山上走呢？

附近的兩家圖書館就是我蹭讀的書房、書架。一家走路僅五分鐘，另一家也不過十來分鐘左右，去時全當散步。圖書館都不太大，但有報有雜誌有空調，冬天不捂湯婆子[2]，夏天無需竹夫人[3]，夠在裡面蹭上半天啦。

有書大家讀是圖書館最大的優點。不過，想看的書，特別是有點熱門的，捷足先登的總在前面，想借就得有等的耐心。

反正有兩個屬地區不同的圖書館，這家借不到，去另一家不一定借不到。好在我想看的都是冷門，一般都馬上可取。

再說，急性子的我要上圖書館，在書架上翻來查去既花費時間，也浪費精力，實在不情願。所以，一般都先在家上網預約。長處是不侷限於一家的藏書，所有圖書館的書籍都相通，可以兜底翻找，凡是有的都任你挑選。而且借到以後，通知你去取的速度比亞馬遜網購還快。早上預約，傍晚就來通知了。如此優秀，何必再買書呢？那些版本學、目錄學、校勘學、考證學之類對我來說是太陽系之外的星球。只要杯中有酒，碟裡有菜，足矣。

蹭讀也有缺點：限期，要在十天、半個月裡讀完。後面沒人借時，可以繼續借、連續借，直到借的本人自己臉紅：你是在讀書，還是在啃書，怎麼如此蝸牛爲止。當然，這缺點我常把它轉換爲優點。時間有限，可以催促自己放棄雜念，讀得更專心不算，因爲是借來然後要還的，作筆記就成了習慣，不是有一期一會的老話嗎？

不用說，也有敗走麥城[4]的時候。

三年前，村上春樹出版了一本好似短篇又似散文的作品集《第一人稱單數》，把在日本文學界雜誌上零星發表的作品合成了一集。分散發表時，賺了一筆，合起來又賺了一筆，走紅的作家有走紅的捷徑。

在報上一看見此書出版的廣告後，就上網預約了。心想，大概這次不能說是第一名，但至少會在前十名吧，得意地預約完以後，顯示的結果是：第八十三位。但也沒辦法，這就是蹭讀，不能要求過度。

十個月過去了，早把預約過的事忘在一邊時，突然來了去取的通知，便蹦蹦跳跳地趕到圖書館，一到手就在圖書館裡翻了起來。三篇讀下來，編織起的印象是：

多少年來想等著站斯德哥爾摩授獎台，想發表一篇不鹹不淡演說的村上春樹，焦慮早把小荷尖尖的新綠烤成了枯藤老樹，當年《挪威的森林》、《開往中國的慢船》那靈性、那節奏感早被烘乾了。

於是，我也沒把那本乾巴巴的書帶回去，順手放回還書箱。

註釋

1 二律背反是一種哲學概念。同一個對象或問題所形成的兩種理論或學說，雖然各自成立卻相互矛盾的現象。

2 湯婆子，保溫器具，爲扁圓形壺或水袋，內盛熱水以取暖。在中國，婆有「妻子」之意，指可以抱著湯婆取暖。

3 竹夫人，東亞傳統的消暑用具，造型爲竹筒編織物，內部中空可通風降暑。

4 敗走麥城，是指東漢建安二十四年，蜀漢將關羽失守荊州，退守麥城時爲吳將截獲，被斬於臨沮的故事。後以「敗走麥城」比喻陷入絕境，形容事事能成功的人也有失敗的時候。

跋

已經不年輕。然而，不知怎麼時常夢回三十歲以前。

那時候，與如今相比，猶如在鐵桶一樣的封閉世界裡，悶得慌，所以，只想去外面的世界親眼看看精彩。最初僅僅是想看看，既沒有美國夢，也沒有日本夢，更不敢有什麼屬於一個人的夢。

不過，一個不期而遇的偶然，讓夢幻朝現實推前了一步。

一位在日本的友人來信問，有沒有想去東京看看的意願？有如天上掉下一個皮夾子的吃驚，怎麼會不想去？許多大學同窗，畢業之前就走了一批，接著畢業以後又陸陸續續地走了一批。內心也想出去，但是，無力，也有羈絆。

與妻子商量，爽快地答應了，條件是最多兩年。

與家父商量，怎麼也不肯點頭，還被罵：你真沒出息，怎麼去那樣水深火熱的地方？父與子之間對外面世界的認知全然不同。不過，最後還是成行了。

一九八九年，在而立之年快要臨近時，手持簽證來到了異國他鄉的東京。此時小女出生三個月，剛剛能抱在手上。但是，沒有猶豫，外面的世界太精彩，太誘惑。

從此，曾經很閒適的教師生活不再。混在留學生的行列裡，白天上學，晚上打工，週末更是白天連著黑夜。爲了生活費，爲了學費，學校、打工、睡覺，三點一線的每一天。但是，活得很實在，很舒心也很情願。於是，在寫家信時，順便試探了一下妻子，是否也想出來看看？一年後，妻子把一歲多的女兒託付給雙親，來到了東京。借住的地方很破舊，但便宜。天天走在從車站到住宿的路上，那有一公里長的商店街，總讓妻子流連忘返得幾乎把異國他鄉這幾個字也忘了。

然後，兩人決定，以前只待兩年的協定作廢，爭取留下來。

然後考大學、求職……生活安定以後，把已滿五歲的女兒也接來了。

從此一家團聚。

就職以後，與周圍的世界漸漸有了接近、進入、融洽的實感，貼心貼肚的交流多了起來。視野也相應開闊了不少以後，便想把所見所聞傳達往另一個世界。於是，在翻譯上下了一點功夫。先是翻譯了在中原幾乎看不到的佛教資料，比如密教；此後，翻譯了有著無數粉絲的黑澤明的故事；又覺得這裡的學者研究中原文化、思想、哲學，有遠遠超出中原學者的視野、境界之處，於是，大師白川靜先生的《孔子傳》經過多次磨難後問世。

同時，有幸走進課堂，教的是一半熟悉，一半陌生的專業。所以，也逼著自己去啃那難啃的骨頭。總是抱著不可誤人子弟的惶恐，常常扮成旁觀者，以第三者的視線觀照中日兩種文化，相對冷靜地比較其中的異同。有了些許的發現：

比如，很多中原祖先曾經有過，而現在已經消失，竟相對完整地保存在大和民族的土壤上了的精神、文化和文明的種種元素。

比如，雖然同在使用筷子，同在書寫漢字，容易讓人產生一種中原與日本是同文同宗的錯覺，然而，似乎很近（地理上），其實很遠（心理上）。

比如，感覺在日本的土壤上，有繼承也有反思，更有對新文化、新文明的追求、發展與滋生，那些有別於中原文化而誕生的枯山水、俳句、短歌、浮世繪、漫畫、動畫片等等。

鑑於此，逼迫自己站在鏡子面前，看別人，也反省自己。令人汗顏的現狀是，深覺在文化認同上既有燕歸來，也有燕飛去之感。

由此，常常想自問：「中原文明的淵源究竟是誰繼承下來了，或者在何處失去了？或者正在走向何方？」

於是乎，在教學之餘，斷斷續續地寫下了點點滴滴的感觸。

就這麼渾渾噩噩地在異國他鄉混了這麼多年而衣帶漸寬。

封面設計：葉忠宜
內頁編排：李那

孟子的他鄉

二〇二三年十月二十五日　初版第一刷

作　者　吳守鋼
編　輯　李那
發行人　林聖修
出　版　啟明出版事業股份有限公司
郵遞區號　一〇六四一五
台北市大安區敦化南路二段
五十七號十二樓之一
電話　〇二二七〇八八三五一

總經銷　紅螞蟻圖書有限公司
法律顧問　北辰著作權事務所

定價標示於書衣封底。

ISBN 978-626-96869-8-8

國家圖書館出版品預行編目資料

孟子的他鄉 / 吳守鋼作；——初版——臺北市：
啟明出版事業股份有限公司，2023.10。
304 面；12.8 x 18.8 公分。
ISBN 978-626-96869-8-8（平裝）

855 112006288